Als ich auf der Straße stand, fing es gerade an,
hell zu werden. Ich wusste absolut nicht, was ich tun sollte.

Jerome D. Salinger: Der Fänger im Roggen

Brigitte Blobel
wurde 1942 in Hamburg geboren. Nach dem Studium der Theaterwissenschaften, Politik und Zeitungswissenschaften arbeitete sie als freie Journalistin für verschiedene Zeitschriften. Bis heute hat Brigitte Blobel neben vielbeachteten Reisereportagen und Drehbüchern zahlreiche Romane für Erwachsene und Jugendliche veröffentlicht, für die sie bereits mehrfach ausgezeichnet wurde. Sie lebt heute in ihrer Heimatstadt Hamburg.

Brigitte Blobel

Sturmfreie Bude

Schneider Buch

Die Deutsche Bibliothek – CIP-Einheitsaufnahme

Blobel, Brigitte:
Sturmfreie Bude / Brigitte Blobel. – München :
Egmont Schneider, 1999
(Gefühlssachen)
ISBN 3-505-11022-1

Dieses Buch wurde auf chlorfreies,
umweltfreundlich hergestelltes
Papier gedruckt. Es entspricht den
neuen Rechtschreibregeln.

Der Schneider Verlag im Internet:
http://www.schneiderbuch.de

Erstmals erschienen 1995
Titelfoto: Daniel Kraus
Umschlaggestaltung: ART-DESIGN Wolfrath, München
Herstellung: Gabi Lamprecht
Satz: FIBO Lichtsatz GmbH, Unterhaching
Schrift: 11˙ Garamond
Druck: Presse-Druck, Augsburg
Bindung: Conzella Urban Meister, München-Dornach
ISBN 3-505-11022-1

01 00 / 9 8 7 6 5 4 3

Halb Köln stand unter Wasser. Und es regnete immer noch weiter. Der Pegel des Rheins stieg jede Stunde um vier Zentimeter, und in den Nachrichten brachten sie nur Meldungen darüber, wie man Schlauchboote aufblasen, Sandsäcke türmen und seine Habseligkeiten vor dem Hochwasser in Sicherheit bringen konnte.

Meret lag in ihrem Bett und träumte von einem Typen mit dunkelblonden Haaren und meergrünen Augen. Das Hochwasser war in den letzten Jahren mit schöner Regelmäßigkeit gekommen, ihre Lieblingspizzeria unten am Kölner Rheinufer war dann regelmäßig überflutet, und das Eis im *Rialto* gab es auch nicht. Aber ihre Wohnung war immer trocken geblieben. Sogar das Zimmer, das sie im Souterrain bewohnte und das ziemlich genau auf dem Pegelstand von 9,40 m lag. *Souterrain* war der Ausdruck, den ihre Mutter für das Kellerzimmer gebrauchte, es klang irgendwie besser als *ausgebauter Keller*, und ihre Mutter musste das wissen: Sie arbeitete bei der Bonner Baubehörde und gab sich immer mit solchen Problemen ab. Wie zum Beispiel Leuten, die eine scheußliche Sozialwohnung zugewiesen bekamen, zu erklären, dass es sich eigentlich um einen Luxusbau handelte.

Meret träumte, dass dieser sonderbare Junge am Meeresstrand auf sie zukam und sagte: „Hey. Wer bist du?“, als der Wecker auf dem IKEA-Regal klingelte.

Noch im Halbschlaf spürte sie, dass irgendwas nicht

stimmte. Sie seufzte, ließ den schönen Jungen allein am Meer zurück, drehte sich im Bett herum und gab dem Wecker einen Schlag mit der Faust, um ihn zum Schweigen zu bringen.

„Ja, verdammt, das genügt, danke“, knurrte sie, wie immer mit fest geschlossenen Lidern, die von Schlafkrümelresten verklebt waren.

Der Wecker hörte nicht auf. Sie hatte daneben gehauen.

„Halt die Klappe“, knurrte sie und lehnte sich aus dem Bett, um nach ihren weißen Badezimmerlatschen zu greifen, auf denen *Kempinski Hotels* stand. Ihr Vater hatte sie von einer Dienstreise mitgebracht. Ihr Vater arbeitete auch in Bonn bei der Regierung. Er gehörte zu den Leuten, die die Politiker ungefähr dreißigmal sooft zu Gesicht bekamen wie Otto Normalfernseher.

Meret zog ihre Hand, die nach den Latschen suchte, angeekelt zurück. Sie warf sich auf den Rücken, ihren Kopf in das weiche Daunenkissen gepresst, und starrte mit weit aufgerissenen Augen an die Zimmerdecke.

Das Licht war fahl. Es war Februar, und im Februar war das Licht in diesen mitteleuropäischen Breiten immer fahl, und zwar durchgehend von morgens bis abends.

Es regnete. Sie hörte das Geplätscher in der Regenrinne, die links neben ihrem Kellerfenster entlanglief.

Aber wenn sie sich konzentrierte, konnte sie noch etwas anderes hören. Ein leises, dunkles Plätschern und Gurgeln, ein merkwürdig drohender, gleich bleibender Ton, der irgendwie aus den Wänden zu kommen schien.

Mit einem Ruck richtete Meret sich auf. „Scheiße“, flüsterte sie, „verdammte Scheiße.“

Sie knipste das Licht an. Aber das Licht reagierte nicht.

„Was?“, schrie sie, zog die Beine an und schlang die Arme um die Knie. „Kein Licht? O verdammte Scheiße.“

Sie spürte, wie ihr Herz heftiger klopfte. Das war immer so, wenn kleine Aufregungen sich ankündigten.

Sie spürte, dass ihr kalt war. Wie immer trug sie nur dieses ärmellose, weite T-Shirt, das sich im Schlaf um den Körper wickelte, bis sie sich wie in einer Wurstpelle fühlte.

Sie wusste genau, warum sie von diesem tollen Jungen geträumt hatte: weil sie sich gestern heiß in ihn verliebt hatte. So heiß und plötzlich wie ein Elektroschock.

Im Zimmer kroch die feuchte Kälte plötzlich aus allen Wänden. Meret überlegte, wie weit der Stuhl, auf dem sie gestern den weichen Zopfmusterpulli abgelegt hatte, wohl vom Bett entfernt stand. Sie musste sich an die Dunkelheit gewöhnen, denn das bisschen Licht, das ins Zimmer fiel, wurde noch von den Rhododendronbüschen abgehalten, die schräg hinauf bis zum Bürgersteig wuchsen. Meret kannte nichts Hässlicheres als einen Rhododendronbusch aus der Maulwurfperspektive.

Der Junge mit den meergrünen Augen hatte gestern in der Villa Kunterbunt die Platten aufgelegt. Beim Disko-Abend.

Der Stuhl bekam allmählich, je länger sie sich den Schlaf aus den Augen rieb, Kontur. Auch der Pulli, der eigentlich gelb war, jetzt aber irgendwie grau wirkte in dem fahlen Licht. Sie kniete auf dem Bett und beugte sich so weit vor wie möglich, dann hatte sie den Pulli, zog ihn über den Kopf und zog die Ärmel lang, sodass sie bis zu den Fingerspitzen reichten. Sie zog ihre langen Haare aus dem Pulloverausschnitt und blieb starr sitzen.

Das Licht wurde heller, oder vielleicht gewöhnte sie

sich einfach nur an die Dunkelheit. Jetzt konnte sie das Wasser erkennen. Es schwappte nicht, es glitzerte nicht, es kräuselte sich nicht um die Stuhlbeine. Es war einfach nur da. Eine dunkle, träge, schlammige Masse.

„Scheiße", flüsterte Meret, „wo kommt das her?" Sie stellte sich aufs Bett und drehte am Radioknopf. Nichts.

„O Mann!" Meret schloss die Augen. Wahrscheinlich war alles kaputt. Ihre tolle neue Anlage, in die sie das Geld von Weihnachten, ihrem Geburtstag und der Konfirmation investiert hatte. Eine Anlage mit CD-Player und Kassettenrekorder, zwei kleinen Boxen, die aber eine tolle Tonqualität hatten, alles von ihrem Freund Ingo installiert, mit Kabeln, Zwischenkabeln, Verbindungsstücken, Doppelsteckern und so weiter.

Meret streckte ihr Hand zwischen Matratze und Wand, bis sie ein Kabel der Anlage in der Hand hielt. Sie versuchte sich an alles zu erinnern, was der Physiklehrer ihnen über Elektrizität erzählt hatte. Und ganz besonders an die Stunde, in der es um Strom und Wasser ging. Das Einzige, woran sie sich erinnerte, war, dass man einen eingeschalteten Fön niemals in die Badewanne werfen durfte, wenn man nicht gerade Selbstmord begehen wollte. Der Stromschlag würde einen sofort töten. Aber war nicht inzwischen ihr ganzes Zimmer eine Badewanne? Und wieso hatte der Stromschlag sie noch nicht getötet?

Merets Hand zuckte zurück. Kein Risiko, dachte sie, die Anlage ist wahrscheinlich sowieso im Eimer. Hoffentlich sind Mami und Papi gut versichert.

Sie hatte den Jungen schon vorher gesehen. In den letzten Tagen sogar täglich: Er fuhr morgens mit der gleichen Straßenbahn zur Schule.

Sie hörte über sich Schritte. Genau über ihrem Zimmer war die Küche. Wenn der Geschirrspüler lief, konnte sie das Rumoren bis in ihr Zimmer hören. Ganz gedämpft auch die Stimmen, manchmal spätabends, wenn ihre Eltern in der Küche noch am Tisch saßen und einen Abendschoppen tranken. Das gleichmäßige Murmeln war irgendwie friedlich, und es gab Meret das Gefühl, nicht aus der Welt zu sein. Aber das war sie sowieso nicht. Ihre Mutter, die sich offenbar sehr gut an die Zeit erinnerte, als sie selbst ein Teenager war, argwöhnte unentwegt Böses und kam alle zehn Minuten mit einer fadenscheinigen Ausrede ins Zimmer, wenn Ingo oder Ole da waren oder wenn sie mal eine kleine Monopoly-Party veranstalteten, die sich ein bisschen in die Länge zog, über Mitternacht hinaus.

Meret fiel der Hockeyschläger ein. Wo war der Hockeyschläger? Sie hatte lange nicht gespielt, das Ding verstaubte in irgendeiner Zimmerecke.

Neulich hatte ihr Vater noch ganz vorwurfsvoll gefragt: „Und dein Hockey-Verein?"

„Was soll mit dem sein?"

„Na ja, ich sehe überhaupt nicht mehr, dass du spielst."

„Du siehst mich doch überhaupt nicht, du arbeitest doch den ganzen Tag."

„Meret, sei nicht so flapsig. Du weißt genau, dass dein Vater Recht hat." Ihre Mutter hatte sich sofort eingemischt, wie immer, wenn das Lieblingsthema Erziehung von Meret Baier dran war. „Dabei ist Hockey so ein schöner Sport."

„Kommt es darauf an, ob ein Sport schön ist?", hatte Meret erwidert.

„Jeder Sport ist besser als diese Freizeitbeschäftigung, die du dir neuerdings ausgesucht hast", hatte ihre Mutter geantwortet, und das hatte Meret einfach nur mit einem Schulterzucken zur Kenntnis genommen.

Alle Mädchen, die sechzehn waren, interessierten sich mehr für Musik, für Kino und Klamotten als für ihren Sportverein. Jedenfalls alle Mädchen, die Meret aus der Schule und aus der Villa Kunterbunt kannte.

Aber es gefiel ihren Eltern nicht, dass sie ihre Nachmittage jetzt immer mit den Leuten aus der Villa Kunterbunt verbrachte, dem Jugendhaus, das ein Sozialarbeiter der Stadt sozusagen abgetrotzt hatte. Eine alte, ziemlich verfallene Bude in einem völlig verwahrlosten Garten in Brühl, eigentlich ganz idyllisch, wenn die Leute, die das Haus jahrhundertelang bewohnt hatten, wenigstens einen Pfennig in die Erhaltung gesteckt hätten.

Der Gedanke, dass die Villa vielleicht auch unter Wasser stehen könnte, womöglich genau das Zimmer, das sie gerade zusammen mit Jenny verputzt und tapeziert hatte, machte Meret endgültig munter.

Sie stieg vom Bett auf den Stuhl, von dort auf den Schreibtisch und angelte sich aus dem Winkel zwischen Gardine und Schreibtisch den Hockeyschläger.

Das Erste, was sie fühlte, war ein Spinnennetz.

Oh, dachte sie, wie peinlich.

Offenbar hatte sie in diesem Winkel ihres Zimmers wirklich lange nicht geputzt. Dann turnte sie wieder zum Bett zurück, wippte ein bisschen auf der Matratze, um zu sehen, ob sie dadurch die Wasseroberfläche in ihrem Zimmer zum Schwingen bringen konnte, und klopfte mit dem Schlägerkopf gegen die Decke.

Sofort setzte das Geräusch, das von oben aus der Küche kam, aus. Ihre Mutter füllte offenbar gerade Wasser in die Kaffeemaschine.

„Mami!“, schrie Meret. „Ich saufe ab!“

Meret wartete, den Hockeyschläger zwischen ihren Knien.

Na also. Es war still. Und plötzlich, weit entfernt, die Stimme ihrer Mutter.

„Meret?“

„Hey! Hallo!“ Meret sprang wieder auf und klopfte gegen die Decke. „Mami! Komm mal runter! Bring Gummistiefel mit!“

„Was? Wieso schreist du durch die Decke?“

Ihre Mutter hatte offenbar immer noch nichts begriffen, obwohl doch nun wirklich die Nachrichten aus nichts anderem als Wasserstandsmeldungen bestanden und halb Köln auf den Beinen war, oder besser in Schlauchbooten, und sich in Sicherheit brachte.

„Ich saufe ab!“

Eine Tasse fiel auf den Boden. Klirrrr.

Meret lächelte zufrieden.

Sie hat es geschnallt. Endlich kapiert sie, was hier los ist, was ich hier durchmache.

Meret hockte sich wieder, die Knie unter dem Zopfmusterpulli, auf ihr Bett und wartete.

Es dauerte keine halbe Minute, da hörte sie ihre Mutter, offensichtlich auf der Treppe. Es war ein Schrei.

„Rüdiger!“

Meret lächelte. Das war typisch ihre Mutter. Immer, wenn es schwierig wurde, kam der Schrei nach Rüdiger.

Sie hatte mal in einem Psychologiebuch gelesen, dass

Frauen, die nach altmodischen Mustern erzogen waren, immer noch den Ehemann als Beschützer und Retter in der Not betrachteten, als die starke Schulter, an die man sich anlehnen konnte. Meret konnte sich nicht vorstellen, dass das in ihrer Generation genauso laufen würde. Sie brauchte keine starke Schulter, keinen, der sie wie ein kleines, dummes Mädchen behandelte, um selbst umso strahlender zu wirken.

Ingo war nicht so ein Typ. Ingo war Klasse. Sie verstanden sich von gleich zu gleich. Niemals war die Rede davon, dass sie als Mädchen irgendwas nicht so gut können würde wie er. Niemals ließ er seine körperliche Kraft raushängen oder so.

Einfach ein prima Kumpel. Und wenn er sie küsste, führte er sich nicht auf wie diese Romantiker, die sich dann immer gleich vorstellten, sie wären Hugh Grant mit Demi Moore oder so.

„Meret?" Das war wieder ihre Mutter, wieder mit dieser hohen, schrillen Stimme. „Schätzchen, bist du da?"

„Klar bin ich da." Meret schlug mit der Faust gegen die Zimmerwand. „Ich brauch bloß jemanden, der mir erklärt, wie ich aus dem Bett ein Schlauchboot mach."

„Warte, dein Vater kommt gleich!"

Okay. Meret ließ sich wieder in die Kissen sinken. Sie hörte, wie ihre Mutter hektisch die Stufen nach oben rannte, sie hörte die Stimmen im Flur, die Schritte, und dann rief ihre Mutter: „Unten steht das Wasser! Bis zur zweiten Stufe!"

Und sie hörte, wie ihr Vater fluchte und irgendwas rief, das wie „meine Werkbank" klang. Nebenan war der Hobbyraum ihres Vaters, ausstaffiert wie für einen typisch deutschen Heimwerker, der seine Bilderrahmen selber bastelte und die Sprossen für die Dachbodentreppe ganz alleine drechseln konnte. Gott sei Dank hatte ihr Vater in Bonn so viel zu tun, dass er nur selten zur Bohrmaschine greifen konnte.

Es dauerte weitere zwei Sekunden, dann hörte sie ihre Eltern fast gleichzeitig rufen: „Meret! Wir kommen!"

Und dann kam dieses schwappende, gurgelnde Geräusch, das sie machten, als sie mit ihren Gummistiefeln durch die Fluten schlurften, und als sie die Tür zu Merets Zimmer aufstießen, waren sie weiß wie die Wand mit tellergroßen, furchtsamen Augen.

„Schätzchen", rief ihre Mutter, „bist du okay?"

„Natürlich bin ich okay. Aber ich habe kein Licht! Und ich komme nicht weg, weil meine Gummistiefel sonstwo sind."

„Sonstwo ist typisch", brummte ihr Vater, aber die normalerweise fällige Bemerkung über ihre chronische Unordnung und das ewige Chaos, das sie verbreitete, fiel diesmal aus.

„Blöder Mist!", schimpfte Rüdiger Baier und schickte gleich noch ein paar Flüche hinterher.

„Rüdiger", schrie Merets Mutter, „wir müssen etwas tun! Das Wasser steigt überall!"

„Wie man sieht", sagte Merets Vater trocken. Er streckte die Arme nach seiner Tochter aus. „Komm her, Schatz."

„Wie denn?" Meret schob ihre nackten Beine unter dem Pulli heraus, der inzwischen eine dicke Ausbeulung hatte. „Soll ich etwa so durch den Dreck waten?"

„Soll ich dich vielleicht tragen?" Die Stimme ihres Vaters wurde von Sekunde zu Sekunde gereizter. Er hatte gerade festgestellt, dass alle Steckdosen bereits unter Wasser waren. „Wir müssen die Sicherungen rausdrehen. Sonst knallt es oben auch gleich durch."

„Papi!", schrie Meret. „Geh nicht weg!"

„Natürlich kannst du durch das bisschen Wasser waten." Ihre Mutter hatte inzwischen einen Plan. „Die halbe Kölner Bevölkerung macht das."

„Durch diese Pampe?" Merets Gesicht wurde immer länger. „Und was ist mit meinen Sachen?"

„Die retten wir dann."

In diesem Augenblick klingelte jemand Sturm an der Haustür.

„Ich komme!", rief Rüdiger Baier, und schon hörte man seine nassen Gummistiefel auf der Kunststofftreppe schwappsen.

Merets Mutter seufzte. „Okay, ich suche deine Gummistiefel. Bleib auf dem Bett, ja?" Sie warf einen Blick in das Zimmer. „Wieso schwimmen deine Klamotten noch nicht? Die lässt du doch sonst immer auf den Boden fallen."

„Diesmal", sagte Meret, „habe ich sie aber auf den Stuhl gelegt. Kannst du mir mal frische Wäsche aus dem Schrank holen?"

Der Schrank hatte Füße, und das war sein Glück. Merets Mutter suchte ein paar Wäschestücke heraus.

„Doch keine Bluse", rief Meret entsetzt, „glaubst du, ich zieh eine Bluse an, wenn Köln in den Fluten des Rheins versinkt?"

Ihre Mutter seufzte. „Was ist denn das bessere Outfit für so eine Situation deiner Meinung nach?"

„Latzhosen", sagte Meret, „und Ringelpulli. Der rotweiße."

Ihre Mutter hatte an diesem Tag keine Lust zu diskutieren. Wortlos warf sie alles aufs Bett.

Von oben rief Merets Vater: „Liebling, kommst du mal? Da sind die Leute vom Technischen Hilfswerk. Das Wasser steht auch in den anderen Kellern."

„Dreißig Zentimeter hoch", rief eine dunkle Männerstimme. „Wir fangen schon an mit dem Auspumpen."

Merets Mutter verschwand, und Meret blieb mit angezogenen Beinen allein in ihrem Zimmer zurück. Sie schaute sich um.

Zum ersten Mal seit langer Zeit nahm sie ganz bewusst all die Dinge wahr, die sich im Laufe der letzten vier Jahre angesammelt hatten. Vor vier Jahren hatte ihr Vater den Kellerraum zu einem „Jungmädchenzimmer" ausgebaut, wie er das nannte. Und Meret hatte anschließend aus allen Ecken der Wohnung ihre Sachen zusammengesammelt und hier unten verstaut. Auf dem obersten Regal saßen die Stofftiere, die sie bis zur vierten Klasse alle im Bett um sich versammelt hatte. Die Puppen, mit denen sie schon als Achtjährige nicht gern gespielt hatte, verstaubten auf dem Kleiderschrank, sogar die grässlichen Barbiepuppen.

An der Wand über ihrem Bett hingen immer noch die Pferdeposter. Damals mit zwölf, als sie in das Zimmer gezogen war, hatten alle Mädchen Pferdeposter an der Wand, sogar die Mädchen, die keine Ahnung davon hatten, wie weich sich die samtenen Nüstern eines Pferdes anfühlten.

Na ja. Sie hatte eine Zehnerkarte für Reitstunden geschenkt bekommen, war in der dritten Stunde vom Pferd gefallen, in der fünften war Bonanza – so hieß das Schulpferd – leider mit ihr durchgegangen, obwohl alle sagten, Bonanza würde so was nie tun. Die restlichen drei Stunden von ihrer Zehnerkarte hatte sie dann Bine geschenkt. Die starb für Pferde und verbrachte ihre Tage und ihre Nächte am liebsten im Pferdestall. Sie hatte drei Pflegepferde, wie man das nannte, Pferde, die sie putzen und füttern, führen und striegeln durfte, ohne je einen Pfennig dafür zu bekommen. Und sie war glücklich.

Meret und Bine hatten sich seitdem ein bisschen auseinander gelebt, und Meret fragte sich genau in diesem Moment, warum sie nicht längst die Poster von den schönen, schnaubenden Araberhengsten von der Wand genommen hatte.

Es gab so tolle Poster von Madonna und Prince. Und dieses eine Bild von Nina Simone bei ihrem letzten Open Air Concert im Central Park von New York – im silbernen Glitzerkleid, angestrahlt von Scheinwerfern, und ungefähr eine Million brennender Wunderkerzen im Hintergrund. So was hätte sie jetzt gern gehabt.

Sie würde auch alle ihre Kinderbücher wegräumen. Wann hatte sie zum letzten Mal ein *Hanni-und-Nanni*-Buch in der Hand gehabt? Vor hundert Jahren vielleicht. Und trotzdem verstellten die den ganzen Platz im Bücherregal.

Ich werde sie in einen Koffer tun und meiner Tochter zum achten Geburtstag schenken, dachte sie.

Aber dann fiel ihr ein, dass in der Villa Kunterbunt ein Zettel am schwarzen Brett gehangen hatte: die Anfrage eines Kinderheimes nach alten Bilder- und Kinderbüchern. Vielleicht konnte sich jemand an den Namen des Kinderheimes erinnern. Denen würde sie das alles schenken.

Wenn meine Tochter acht Jahre alt ist, dachte Meret, liest man vielleicht gar nicht mehr. Da guckt man nur noch Comics auf dem PC oder so was.

Der Gedanke war ein bisschen grausig, weil sie, bevor diese Phase mit der Musik und den Jungen und den Klamotten begonnen hatte, eine richtige Leseratte gewesen war. Wie Leute groß werden ohne Bücher, konnte sie sich nicht ganz vorstellen. Aber war das wichtig? An so einem Tag, wo das Wasser von unten durchs Mauerwerk drang und immer höher stieg, unausweichlich höher und höher, bis es irgendwann die Unterseite der Matratze erreichen und alles durchweichen würde?

Oben rumorten die Männer vom Technischen Hilfswerk. Offenbar rollten sie eine Pumpe herein und schleiften lange Schläuche durch den Flur.

Ihre Mutter erschien mit Gummistiefeln, die ganz bestimmt nicht Meret gehörten.

„Hier“, sagte sie. „Mach schnell, ja? Wir haben viel zu tun.“

Sie sah sich im Zimmer um. „Dein schönes Zimmer“, stöhnte sie. „Dein Vater hat sich so viel Mühe mit dem Fußboden und den Wänden gegeben.“

„Ich finde es überhaupt nicht mehr schön.“ Meret zog die Gummistiefel an. „Ich schmeiße alles weg.“

„Du willst alles wegwerfen?“ Ihre Mutter, die gerade die Schubladen aus ihrem Schreibtisch ziehen und stapeln wollte, hielt mitten in der Bewegung inne. „Was denn?“

„Na, als Erstes die Barbiepuppen. Die sind so was von grässlich. Und die Babypuppe. Du weißt schon. Die mit den Schlafaugen.“ Meret verdrehte die Augen. „Wie man sich so was wünschen konnte! Und die Stofftiere sind auch nur Staubfänger. Ich brauch das alles nicht mehr."

„Du willst deine ganzen Spielsachen wegtun?", fragte ihre Mutter. Die Stimme zitterte. „Aber das ist doch deine Kindheit, Mäuschen!"

„Na und?" Meret stellte ihre Füße in den viel zu großen Gummistiefeln in die dunkle Brühe und ekelte sich. „Meine Kindheit ist schon so lange vorbei."

Sie sah den fassungslosen Blick ihrer Mutter. Aber das machte ihr nichts aus. Auch ihre Mutter musste irgendwann einsehen, dass man mit 16 kein Kind mehr war.

Meret war klar, dass sie an diesem Tag gut und gern die Schule hätte sausen lassen können. Schließlich war Hochwasser von dieser Größenordnung nichts Alltägliches, und wenn schon die halbe Altstadt unter Wasser stand, konnte man vielleicht auch von den anderen Leuten, die ein bisschen weiter weg vom Rhein wohnten, nicht erwarten, dass sie zur Schule gingen.

Die Theodor-Heuss-Schule lag am Stadtrand in einem Neubaugebiet. Ein hässlicher Betonbau, der nur durch die bunten Graffiti, die irgendjemand immer wieder an die Garagen und Fahrradständerwände sprühte, etwas fröhlicher aussah. Die Eltern waren da natürlich ganz anderer Meinung, der Direktor auch. Er hatte Anzeige gegen Unbekannt erstattet, und seitdem gab es keine neuen

Graffiti mehr an den Wänden. Nicht einmal Sprüche im Waschraum, die doch eigentlich ganz komisch waren.

Niemand, nicht einmal ihre Eltern, hätten Meret Vorwürfe gemacht, wenn sie an diesem Tag nicht zur Schule gegangen wäre. Deshalb war ihre Mutter mehr als erstaunt, als ihre Tochter hastig einen Toast mit Pflaumenmus beschmierte, herunterschlang und dazu ihren Milchkaffee aus der extragroßen, pinkfarbenen Tasse schlürfte, die sie zum Geburtstag bekommen hatte.

„Ich muss los", rief Meret nach einem eiligen Blick auf ihre Uhr. „Wer weiß, ob die Straßenbahnen heute pünktlich fahren."

„Du willst tatsächlich zur Schule?" Ruth Baier ließ sich auf dem Küchenstuhl nieder und kraulte den Kater Moritz, der sich jaulend auf ihren Schoß geflüchtet hatte. „Du gehst an diesem Tag, wo vielleicht alles im Wasser versinkt, in die Schule?"

Meret stopfte ihre langen Haare unter dem Pullikragen, damit sie im Regen nicht so nass würden. „Ja, Mami", sagte sie.

„Aber kein Mensch wird heute in die Schule gehen!"

„Da bin ich nicht so sicher." Entschlossen packte Meret ihre Schulsachen zusammen. Sie hatte gestern Abend im Wohnzimmer vor dem Fernseher Mathe und Bio gelernt, etwas, das ihre Eltern auch schrecklich fanden, aber jetzt waren die Schulsachen wenigstens trocken und in Sicherheit. „Die Theodor-Heuss-Schule liegt nicht in der Altstadt, sie war noch nie vom Hochwasser bedroht, und der Direktor versteht keinen Spaß und keine Entschuldigungen, wie du weißt."

Merets Vater stürmte in die Küche. „Wo haben wir Eimer?", rief er, die Schränke unter der Spüle aufreißend. „Wo sind die Sicherungskästen für die Garage?"

„Eimer stehen da, wo sie hingehören, nämlich in der Besenkammer, und der Sicherungskasten für die Garage ist in der Garage", stellte Merets Mutter fest.

Rüdiger Baier sah gehetzt aus, atemlos. Seine Gummistiefel hinterließen große Pfützen auf dem Küchenfußboden.

„Kochst du für die Männer bitte eine Kanne Kaffee? Und kannst du Brote schmieren? Oder haben wir sonst etwas Gutes?"

Meret gab ihrer Mutter einen Kuss. „Ciao, Mami. Ich bin gegen zwei zurück, dann helf ich dir."

Ihre Mutter setzte Moritz auf den Boden. Sie stand seufzend auf. „Und du lässt mich mit dieser Arbeit allein."

Meret lächelte und warf ihrer Mutter eine Kusshand zu. „Tut mir Leid, aber wir haben Schulpflicht. Wusstest du das?"

Sie zog im Laufen den Anorak vom Garderobenhaken, warf einen ganz kurzen Blick in den Spiegel und schlug die Haustür hinter sich zu. Sie hörte gerade noch den gellenden Schrei ihres Vaters: „Wo geht Meret denn hin?" Da war sie schon auf der Straße.

Die Friedrichstraße, sonst eine ruhige Gegend, in der man nur Rentner mit verzärtelten Hunden und junge Frauen mit aufgeputzten Kinderwagen sah, wimmelte von Menschen. Alles war auf den Beinen. Manche Leute beluden Autos mit ihren Habseligkeiten, andere pumpten ihr Schlauchboot auf, mit dem sie in den Ferien über den Baggersee geschippert waren.

Vielleicht, dachte Meret, um damit die Oma aus den

Fluten zu retten oder den Fernseher aus dem Schrebergartenhäuschen, wer wusste das schon so genau.

Überall Polizeiwagen mit rotierenden Lichtern, überall diese grellgelben Autos vom Technischen Hilfswerk, Schläuche, die über die Straße in Kellereingänge führten, und eine alte Dame, die verwirrt herumlief, einen Vogelkäfig mit dem stummen Kanarienvogel in der Hand.

Meret hoffte inständig, dass die Straßenbahn pünktlich fuhr. Wenn sie die Bahn um vierzehn nach erwischte, dann würde sie *ihn* sehen, und vielleicht, wenn es sich so ergab, würden sie irgendwie nah beieinander stehen und miteinander reden können. Meret wusste nicht genau, was sie *ihm* sagen wollte, sie war auch ziemlich sicher, dass sie vor Verlegenheit wahrscheinlich keinen vernünftigen Satz zusammenbrächte, aber wenn sie *ihn* wenigstens sehen würde! Das wäre schon genug, um gut über diesen Tag zu kommen. Da konnte ihretwegen das Wasser immer weiter steigen und ihr Zimmer ganz überfluten, egal.

Sie musterte sich verstohlen in den spiegelnden Scheiben einer Reinigung. Sie war zu dick. Keine Frage, dass eine Diät dringend nötig war. Vielleicht die Reisdiät. Als dickes Mädchen hat man bei Jungen keine Chance.

Sandra hatte mit der Reisdiät vier Kilo abgenommen. Aber wenn man so viel Speckringe hatte, war das vielleicht auch einfach. Reis treibt das Wasser aus dem Körper, und das ist ja das Hauptproblem. Der Mensch besteht ja zu vier Fünfteln aus Wasser, hatte sie in Biologie gelernt, auch wenn sie das irgendwie nicht glauben konnte. Natürlich durfte man den Reis nicht salzen. Denn Salz bindet das Wasser ja wieder.

Meret dachte seufzend an ihre Bio-Arbeit. Sie war sicher, dass sie irgendeinen Wurm reingebracht hatte. Fotosynthese, eigentlich ganz einfach. Dennoch kapierte sie nicht, wieso auf einem Negativ die hellen Stellen dunkel und die dunklen hell waren, wie in der Iris. Wenn man die Augen schloss, nachdem man lange auf eine Stelle, zum Beispiel auf ein Fensterkreuz, gestarrt hatte.

Die Leute drängten sich an der Haltestelle. Jemand stieß ihr immer wieder eine kantige Reisetasche in die Rippen. Meret wich ein Stückchen zur Seite, aber da stand ein Mann, der seit Tagen offenbar nichts anderes als Knoblauch gegessen hatte. Meret hasste den Geruch von Knoblauch, wenn er als Ausdünstung aus allen Poren eines wildfremden Menschen kam.

Schließlich ging ein Ruck durch die Menge. Die Straßenbahn kam mit dreiminütiger Verspätung. Quietschend fuhr sie in die Kurve. Meret stellte sich auf die Zehenspitzen, was in den Gummistiefeln nicht einfach war.

Sie konnte *ihn* nicht sehen. Vorn, im ersten Waggon, gleich an der Tür, wo er sonst immer stand.

Meret ließ den ersten Waggon an sich vorbeifahren und stieg in den zweiten Wagen ein. Die Leute standen dicht gedrängt. Sie zwängte sich durch den Gang weiter nach hinten. Ihre großen Gummistiefel behinderten sie. Sie hatte das Gefühl, dass sie ständig jemandem auf die Füße trat. Alle waren mürrisch und knurrten, als sie sich mit einem „Verzeihung, Entschuldigung, bitte“ vorbeizwängte. *Er* stand hinten, umgeben von anderen Jungen aus ihrer Schule, er lachte und fuhr sich mit den Fingern durch die kurzen Haare.

„Ist ja supergeil!“, rief er. „Wieso wusste ich das noch nicht?“

Genau in dem Augenblick bemerkte er Meret, die sich ans Fenster drängte, die Schulmappe zwischen den Knien und mit den Armen rudernd, ein bisschen Platz erkämpfte. Sie sah, wie seine Augen sich weiteten, seine Pupillen größer wurden. Sie sah, wie etwas sich in seinem Gesicht veränderte. Das Lachen hörte sofort auf. Er wurde irgendwie ernst, aber nicht mürrisch.

Meret versuchte, das Lächeln, das sich sozusagen automatisch in ihr Gesicht schlich, zu verdrängen. Sie wollte cool sein, obwohl ihr Herz bis zum Hals klopfte. Sie senkte nur ganz leicht, zum Zeichen, dass sie ihn erkannt hatte, die Wimpern (die sie extra getuscht hatte) und blickte dann mit gleichmütiger Miene sozusagen durch ihn hindurch.

„Leute, lasst mich mal durch“, sagte *er*. Er schob diesen Typen aus der Oberstufe ein bisschen zur Seite.

Meret hielt die Luft an. Es sah aus, als wenn er sich zu ihr durcharbeiten wollte. Die Straßenbahn ging in eine Kurve, und alle Leute hatten Mühe, auf den Beinen zu bleiben.

Er aber grinste. Er rempelte einen Mann mit Hut und Aktenmappe extra ein bisschen heftiger an als nötig und zwinkerte Meret dabei zu.

„Hey“, sagte er, als er schließlich neben ihr stand. „Voll heute, was?“

Meret nickte. Sie lächelte, fuhr sich mit der Hand durch die Haare, suchte einen etwas besseren Standplatz und spürte, wie seine warme Hand sich auf ihre kalten Finger legte.

„Kann ich deine Schlaufe mitbenutzen?“, fragte er. „Kein einziger Haltegriff ist mehr frei.“

„Wenn du mir die Finger nicht zerquetschst", sagte Meret.

Es war der erste Satz, den sie mit vollem Bewusstsein an ihn gerichtet hatte. Der Wahnsinn. Wenn du mir die Finger nicht zerquetschst. Ob das ein guter Romananfang war? Der Anfang einer tollen Liebesgeschichte? Irgendwie klang es nicht danach.

„Und", fragte er, den Kopf ein bisschen schief haltend, „nicht abgesoffen?"

Sie wusste nicht einmal, wie er hieß. Aber sie würde das herausbekommen. Sie hätte es gestern, in der Villa, eigentlich schon erfragen können, aber da war ihr das peinlich gewesen. Alle hätten sofort gemerkt, dass sie sich in ihn verknallt hatte. Und sie wollte nicht, dass jemand es merkte. Sie war sicher, dass alle Mädchen verrückt nach ihm waren. Heute funktionierte das so: Wenn ein Junge so toll aussah, groß, sportlich, mit strahlenden, meergrünen Augen, und wenn er als DJ in einer Jugenddisko arbeitete, die besten Platten auflegte und die geilsten Sprüche machte, dann mussten die Frauen ihn einfach gut finden.

„In meinem Zimmer steht das Wasser zehn Zentimeter hoch", sagte Meret.

„Echt? Zehn Zentimeter? Und dann gehst du heute in die Schule? Wenn wir bloß einen halben Zentimeter Wasser zu Hause hätten, wäre ich dageblieben. Ich meine, das ist doch echt ein Grund, die Penne zu schwänzen." Er schaute sie an, aufmerksam, fast argwöhnisch. „Du bist nicht zufällig eine Streberin?"

Meret wurde rot und schüttelte heftig den Kopf. Das war das Letzte, was man ihr nachsagen konnte. Ihr Ehrgeiz erschöpfte sich darin, dass ihre Noten immer gerade so ausreichend waren, um die Versetzung nicht zu gefährden. Das verlangten ihre Eltern, dass sie sich so weit anstrengte. Aber mehr verlangten sie eigentlich nicht, und von sich aus würde Meret im Leben nicht auf die Idee kommen, einen Strich mehr zu arbeiten als unbedingt nötig.

„Ich glaube, eher das Gegenteil“, sagte Meret mit einem kurzen verlegenen Lachen. Ihre Stimme hatte ein bisschen schrill geklungen, oder?

Er runzelte die Stirn und sah aus dem Fenster. „Dieses Hochwasser vernichtet Existenzen.“

Meret nickte. Daran hatte sie nicht gedacht, aber natürlich hatte er Recht.

„Ich hab einen Freund, der hat sich unten, direkt auf Rheinhöhe, ein Fotostudio eingerichtet.“ Er sah sie an. „Ein irre begabter Typ. Ich glaube, der wird mal ein guter Fotograf. Seine ganze Einrichtung schwimmt jetzt im Rhein.“

„Wieso hat er nicht versucht, das Zeug vorher in Sicherheit zu bringen?“, fragte Meret. „Die warnen doch seit drei Tagen.“

„Er hat nicht gedacht, dass es so hoch steigt. Ich weiß auch nicht“, der Junge fuhr sich mit der Hand durch die Haare. Er sah bekümmert aus.

Meret fand es einfach wunderbar, dass er sich Sorgen um seinen Freund machte.

„Nach der Schule muss ich sofort wieder hin und ihm helfen. Der arme Kerl. Hat alles auf Kredit gekauft. Die von der Bank machen ihn fertig.“

„Meine Musikanlage ist vielleicht auch hin“, sagte Meret, nur um etwas zu sagen.

„Echt? Deine Anlage? Wieso denn?“

Meret hob die Schultern. „Als ich aufgewacht bin, ging sie nicht. Die Steckdose war unter Wasser.“

„Und? Was hast du gemacht?“

„Mein Vater hat sich drum gekümmert“, sagte Meret, „es waren Leute da, vom Technischen Hilfswerk. Aber ich glaube, man kann nichts machen.“

„Und da bist du so cool?“ Er starrte sie fassungslos an. „Wenn meine Anlage abgesoffen wäre ... O Mann!“

„Sie ist nicht so toll, wie du vielleicht denkst. Nicht so was, an das du vielleicht gewöhnt bist“, sagte Meret.

Er grinste. „Und woher weißt du, was ich gewöhnt bin?“

„Die Musik, die du gestern aufgelegt hast, in der Villa Kunterbunt, die war einfach Spitze.“

„Ich weiß. Ich hab gemerkt, dass es dir gefallen hat.“

Meret wurde wieder rot. Sie zog ihre Finger vorsichtig aus der Schlinge unter seiner Hand hindurch, weil sie langsam abstarben. Es tat ihr Leid, dass sie ihn nun nicht mehr berühren konnte, aber es ließ sich nicht ändern.

„Wieso hast du das gemerkt?“

„An der Art, wie du getanzt hast.“

Meret hielt die Luft an. Sie lächelte völlig unsinnig. „Du hast gesehen, wie ich getanzt habe?“

„Klar. Ich guck mir immer meine Leute an, wenn sie tanzen. Wie sie auf die Musik reagieren. Du hast getanzt wie in Trance. Besonders nach den Scheiben von den *Take That*.“

„Ich liebe die Musik“, sagte Meret.

„Ich auch“, sagte er.

Sie schauten sich an. Es war der zweite Blick, den Meret bewusst genießen konnte. Es war einfach himmlisch.

Sie lächelte wieder so blöde wie ein Schaf und wandte schnell den Kopf ab, damit er nicht merkte, wie dämlich sie sich benahm.

„Ich weiß, dass wir auf dieselbe Schule gehen", sagte er, „aber ich weiß nicht, wie du heißt."

„Meret Baier", sagte sie. „Ich geh in die 10a."

„Ah", er lächelte. „Ich kenn ein Mädchen aus der 10a, die Carla."

Typisch. Merets Herz setzte ein paar Takte aus. Natürlich kannte er ausgerechnet die Carla. Die feurige Italienerin. Das Sexsymbol, das Superweib mit dem Superbusen, auf die alle Jungen in ihrer Klasse scharf waren. Dabei wusste Meret, dass Carla mit einem Jungen befreundet war, der einen Opel Manta fuhr und in einer Kfz-Werkstatt arbeitete. Aber vielleicht machte das die Sache für die Jungen in ihrer Klasse besonders spannend, dass sie einen älteren Freund hatte.

„Carla hat einen ziemlich blöden Musikgeschmack", sagte er. „Ich weiß nicht, die steht auf Schnulzen." Er grinste. „Komisch, nicht?"

Meret lächelte. Schön, dass er etwas Negatives über Carla gesagt hatte. Eigentlich hatte sie nichts gegen Carla, aber irgendwie wäre es deprimierend gewesen zu erfahren, dass er sich in Carla verliebt hatte, ausgerechnet an dem Tag, an dem sie zum ersten Mal miteinander redeten.

„Und du?", fragte sie.

„Ich? Ich was?" Er schaute sie an.

„Wie heißt du?" Sie hob die Schultern. „Ich weiß es nämlich nicht. Ich weiß nur, dass wir seit ein paar Tagen immer dieselbe Straßenbahn nehmen."

„Ich bin sonst mit dem Fahrrad gefahren, meinem Rennrad. So dünne Alu-Felgen. Haben sie mir geklaut.“

„O Scheiße“, sagte Meret mitfühlend.

„Du sagst es. Wenn ich das Schwein erwische ...“ Er vollendete den Satz nicht. Seine Lippen wurden schmal. Er schaute aus dem Fenster.

Meret ahnte, wie er sich fühlte. Erst auf dem Rennrad herumflitzen und dann plötzlich ganz spießig in der Straßenbahn stehen und sich durchschaukeln lassen. Das war hart, besonders für einen DJ, der von Frauen angehimmelt wurde und irgendwie was Besonderes war.

„Ich heiße Dennis“, sagte er. „Dennis Kaufmann.“ Er grinste.

In diesem Augenblick rief einer von Dennis’ Clique: „Hey! Was ist? Noch ’ne Runde knobeln?“

Dennis hob den Arm, ohne sich umzusehen. Er nickte. Er lächelte Meret an. „Wir sehen uns bestimmt noch“, sagte er und schlängelte sich zurück zu seinen Freunden.

Noch drei Haltestellen, dann mussten sie raus. Meret drehte den Kopf und schaute aus dem Fenster. Sie wollte nicht eine von diesen dummen Hühnern sein, die Jungen anstarrten wie ein Weltwunder.

Meine Anlage wird hin sein, dachte sie. Aber vielleicht kann ich Dennis dazu bringen, sie anzusehen. Ob man was reparieren kann? O Mann. Sie atmete tief durch und dachte: Aus der Sache kann was werden.

Der Unterricht in der ersten Stunde fiel aus, weil die Englischlehrerin offenbar bis zum Hals im Wasser steckte oder kein Schlauchboot bekommen hatte, um ihren pädagogischen Pflichten nachzugehen.

Meret schlenderte mit Susi in die Cafeteria. An diesem Hochwassertag war der gesamte Lehrplan in Unordnung geraten. Noch niemals hatte Meret so viele Schüler in der Cafeteria gesehen. In Trauben drängten sie sich um die beiden Kaffeemaschinen, die Pappbecherstapel wurden zusehends kleiner, und als Meret endlich an der Maschine stand, war die Milch gerade ausgegangen.

„Na toll“, sagte sie, ihren Becher zu einem der Stehtische balancierend. „Dann eben schwarz.“

Susi lächelte, ohne überhaupt zu wissen, wovon Meret redete, und steckte ihren Kopf wieder in die Modezeitschrift, die sie die ganze Zeit unter dem Arm getragen hatte.

Susi träumte davon, später einmal von einem Fotografen entdeckt zu werden: auf der Straße, im Schwimmbad oder in einer Disko, und so berühmt zu werden wie Claudia Schiffer oder Nadja Auermann. Dabei waren ihre Beine mindestens zehn Zentimeter zu kurz und ihre Nase zu stupsig, fand Meret. Aber das sagte sie natürlich nicht.

„Hier, schau mal. Wie findest du die?“ Susi schob ihr die Zeitschrift rüber und tippte auf die rechte Seite.

Ein blondes Mädchen lehnte an einer Balustrade, einen

weißen Strohhut in der Hand, und ließ die langen Haare im Wind flattern. Das Kleid, das sie trug, war schwarz, aus Chiffon, und total durchsichtig. Man konnte die Form ihrer Oberschenkel bis zum Schritt verfolgen.

„Klasse Beine", sagte Meret. „Wahnsinn. So dünn. Wie die das macht?"

„Fitnessstudio." Susi blätterte um. „Die Models verbringen doch ihr halbes Leben im Fitnessstudio."

„Und die andere Hälfte verbringen sie mit Hungern", sagte Meret. „Ein ziemlich ödes Leben. Wieso willst du unbedingt Model werden? Floristin ist doch auch ein toller Beruf."

Susis Eltern hatten einen Blumenladen in der Einkaufspassage, durch die man unweigerlich musste, wenn man sich mal wieder im Jeansladen umsehen wollte. Der Fußboden vor dem Eingang zum Blumenladen war immer voll gestellt mit unheimlich kunstvoll gebundenen Sträußen, Blumen, die Meret nicht einmal dem Namen nach kannte, und Schilf und grasähnlichem Grünzeug, das die dramatischen Akzente setzte. Jeder Blumenstrauß kostete ungefähr so viel wie ein paar Jeans im Sonderangebot.

Susi verdrehte die Augen. „Glaubst du im Ernst, dass ich mich später in den alten Laden stelle?"

Meret hob die Schultern.

„Meine Eltern rackern sich ab, sage ich dir. Stehen morgens um fünf Uhr auf und fahren auf den Blumenmarkt. Und abends um sieben machen sie noch die Bestellungen für Fleurop fertig. Wenn sie nach Hause kommen, sind sie total fertig. Total alle. Also, mit mir können die das nicht machen. Wie schmeckt der Kaffee ohne Milch?"

„Schaurig." Meret hatte zwei Stück Würfelzucker hineingetan, aber der bittere Geschmack blieb.

„Ich glaube, es ist Milchnachschub gekommen." Sie nickte hinüber zum Kaffeeautomaten. „Hol dir doch was."

Meret folgte Susis Blick. Da stand Dennis Kaufmann, den Arm um ein Mädchen mit blonden Korkenzieherlocken gelegt, und schüttelte ihr aus einer Milchtüte jede Menge davon in den Kaffeebecher, während sie ihn anhimmelte wie eine Geisteskranke. Merets Herz blieb stehen.

„Kennst du die?", fragte sie mit leicht gedrosselter Stimmlage.

„Wen?" Susi sah sich gleichgültig um, schüttelte den Kopf. „Ich hab echt keine Ahnung, wen du meinst."

„Die mit den Korkenzieherlocken, mit dieser dämlichen Samtschleife. Mein Gott, wer bindet heute noch Samtschleifen ins Haar?"

„Die sieht doch klasse aus", sagte Susi ganz neidlos. „Wenn hier jemand Chancen hat, als Model entdeckt zu werden, dann ist sie das." Sie wandte sich wieder ihrer Modezeitschrift zu.

„Wow!", rief sie. „Die neuen Badeanzüge. Schau dir das mal an. Sind die sexy."

Meret interessierte sich an einem Tag, wo Köln halb unter Wasser stand, an einem Tag, an dem Dennis ihr zum ersten Mal ein Lächeln aus seinen meergrünen Augen geschenkt hatte, kein bisschen für die neue Bademode. Irgendwann würde es wieder Sommer sein. Vielleicht würden die Rheinauen dann trocken und grün und weich sein, vielleicht aber auch nicht. Vielleicht würde sie mit ihren Eltern wieder nach Alicante fahren, wo Kollegen ihres Vaters ein Ferienhaus besaßen und wo es ziemlich schön war, vielleicht aber auch nicht. (Die Kollegen hatten vor, das Haus zu verkaufen.) Warum sollte sie sich da jetzt schon die neuen Badeanzüge ansehen?

„Ist Dennis irgendwie mit ihr befreundet?“

Susi schaute wieder auf. „Welcher Dennis?“

„Dennis Kaufmann.“

Susi klappte die Modezeitschrift zu. Sie lehnte sich zurück, ihre Pupillen wurden fast so groß wie ihre Nasenlöcher. „Das ist ja Dennis“, sagte sie nach einem tiefen Atemzug. „Den hab ich eben überhaupt nicht gesehen. Er hat einen neuen Pulli. Ist ja direkt ein Wunder. Seit einem Jahr läuft der doch immer im selben grauen Sweatshirt rum.“

„Du hast ihn ja ziemlich unter Kontrolle“, stellte Meret mit leichter Bitterkeit fest. „Was du alles so merkst. Mir ist er erst vor ein paar Tagen aufgefallen.“

Susi lächelte fein. „Dann musst du mal deine Augen untersuchen lassen. Vielleicht hast du grünen Star oder so was. Kannst nicht richtig gucken. Alle Mädchen sind scharf auf Dennis.“ Sie schaute Meret mitleidig an. „Mann, was hast du für einen Geschmack?“

Meret wurde rot. „Wieso?“

„Na, du mit deinem Ingo. Ich mein, Ingo ist okay, aber wenn man wirklich für jemanden schwärmt, dann doch nicht für einen Jungen mit Akne und drei dünnen Barthaaren am Kinn.“

Merets Gesicht wurde immer heißer. „Er hat sich rasiert.“

Susi lachte. „Ach ja? Na super. Wie lange musstest du ihn bearbeiten, bis er kapiert hat, wie wahnsinnig bescheuert es ist, wenn man sich einen Bart wachsen lassen will, obwohl man nur über ein halbes Dutzend Barthaare verfügt?“

„Wir wollten von Dennis reden“, murmelte Meret.

Susi nickte. Sie stand auf, zog ihren hautengen Strickmini über den schwarzen Wollstrumpfhosen zurecht und fuhr verstohlen mit der Zunge über die Lippen. Das war Susis Trick. Ihre Lippen glänzten immer sehr verführerisch. Dabei war alles nur Spucke.

„Gehst du?“, fragte Meret.

Susi schüttelte den Kopf. „Ich hol mir nur einen Milchkaffee. Pass auf, dass keiner meine Zeitung wegnimmt, ja?“

Meret nickte. Sie beobachtete Susi, die sich durch die Leute schob, hier und da grüßte oder jemandem etwas zurief, bis sie direkt neben Dennis und der Lockenpracht stand.

Das Lächeln im Gesicht der Lockenmaus gefror sofort. Meret konnte sich ein Grinsen nicht verkneifen. Aha, sie war der eifersüchtige Typ. Sie ließ niemanden ran an ihren Kerl. Ganz typisch. So was merkte man sofort, oder man merkte es nie.

Dennis redete gerade, obwohl er seinen Arm immer noch um die Schulter des Lockenkindes gelegt hatte, mit dem Jungen, der neue Pappbecher balancierte wie einer aus dem Moskauer Staatszirkus.

Susi legte von hinten ihre Hand an seinen Hals.

Meret hielt die Luft an. Die kennen sich ja ziemlich gut, dachte sie. Was ist hier los? Wieso hab ich das alles nicht mitbekommen?

Jetzt drehte Dennis sich ganz langsam zu Susi um. Er lachte über das ganze Gesicht. Er sagte etwas. Susi lachte auch, zeigte auf die Kaffeemaschine, und da ließ Dennis das Lockenkind endlich mal los. Die hatte ihr Lächeln immer noch nicht wieder gefunden. Ihre Lippen waren schmal, die Augenbrauen finster zusammengezogen. Sie schmollte. Irgendwie gönnte Meret es ihr. Aber dann verschwand die ganze Gruppe aus ihrem Blickfeld, weil eine Bande von Babys aus der siebten Klasse irgendeinen Terror veranstaltete.

Meret zog die Zeitschrift zu sich rüber und begann gleichmütig zu blättern. Der Lärm um sie herum nahm jede Sekunde um ungefähr ein Dezibel zu. Es war irgendwie klar, dass sich daraus eine Schlägerei oder das plötzliche Erscheinen eines wütenden Lehrers entwickeln würde.

„Oh, du schon wieder." Das war die Stimme von Dennis.

Meret schaute auf. Dennis stand direkt neben ihrem Stuhl, halb vorgebeugt, um zwei Pappbecher voll Milchkaffee abzusetzen. Dabei schaute er sie an.

„Sieht so aus, als würden wir heute immer wieder zusammengeführt, was?"

Meret blätterte weiter in der Zeitung, sie hoffte, er würde das leichte Zittern ihrer Hände und das Vibrieren ihrer Stimme nicht bemerken, als sie erwiderte: „Ich liebe das Spiel. Wie heißt es?"

Dennis grinste. Er holte einen dritten Barhocker heran, den mit der wackligen Lehne, und setzte sich rittlings drauf. Susi kletterte wieder auf ihren Stuhl.

„Ich hab ihn dir mitgebracht", sagte sie fröhlich.

Meret erstarrte. Wie sie das sagte!

„Hab ich darum gebeten?", knurrte Meret, den Blick irgendwie ins Ungefähre gerichtet.

Susi lachte. Sie legte den Arm auf Dennis' neuen Pullover.

Meret fragte sich, woher Susi sich das Recht nahm, so intim zu ihm zu sein. Hatten die beiden vielleicht mal was zusammen? Und sie hatte das nie gewusst? Offenbar passierten um sie herum die wildesten Sachen, während sie mit Ingo immer ganz harmlos in ihrem Zimmer gehockt und für Mathe gebüffelt hatte, ohne ihn auch nur ein einziges Mal mit den Fingern zu berühren.

„Stell dir vor, Dennis", rief Susi vergnügt, „die Meret hat dich überhaupt noch nie zur Kenntnis genommen! Wie findest du das? Endlich ein Mädchen, das nicht in dich verknallt ist!"

Dennis schaute Meret an.

Meret gab den Blick cool und völlig beherrscht zurück. Du wirst dich wundern, dachte sie, wie gut ich mich unter Kontrolle habe, wenn ich wirklich will.

„Echt?", fragte Dennis.

Meret hob die Schultern: „Echt."

„Das müssen wir sofort ändern." Dennis schob den Barhocker mit der wackligen Alulehne ein Stückchen näher zu Meret heran. Er sah ihr forschend ins Gesicht. „Deine Sommersprossen – sind die echt, oder malst du dir die jeden Morgen auf die Nase?"

„Ich hab sie mir tätowieren lassen", gab Meret zurück.

„Wahnsinn!" Dennis grinste. „Ich liebe Sommersprossen, besonders wenn sie tätowiert sind."

Susi nahm die Modezeitschrift und schlug sie auf. „Das ist doch schon mal ein Anfang. Hier, Dennis, wie findest du die?"

Wieder zeigte sie das Bild von dem Model mit dem

durchsichtigen schwarzen Chiffonkleid, aber Dennis gehörte zu der Mehrheit aller Jungen zwischen 12 und 20, die sich kein bisschen für Mode interessierte.

„Nicht halb so scharf wie die Mädchen hier im Raum", sagte Dennis, die Augen tief in Merets Augen gesenkt.

Hilfe, dachte Meret. Der Typ hat einen Blick! Wie ein Laserstrahl. Wahnsinn. Kann man glatt dran verbrennen.

Um irgendwas zu tun, das nicht ganz blöde wirkte, schaute Meret auf die Uhr. „Ich muss gehen", sagte sie und rutschte so geschmeidig wie möglich vom Barhocker herunter. Sie fiel auf ihre Gummistiefel, und das machte ein schmatzendes Geräusch, das irgendwie unanständig klang.

„Was war das?", fragte Susi, und Dennis prustete los.

Meret wurde ein bisschen rot. „Meine Gummistiefel geben immer den Ton an", sagte sie, winkte lässig und vage in die Richtung von Dennis und Susi und verschwand. Sie hörte noch, wie Susi ihr nachrief: „Ey, wo gehst du jetzt hin?" Aber sie zog es vor, die Frage zu überhören, denn sie wusste nicht, wohin sie gehen sollte. Sie hielt es nur für richtig, genau in diesem Augenblick den Abgang zu machen.

Im Mädchen-Waschraum war es ungefähr genauso voll wie in der Cafeteria. Die Mädchen aus der sechsten Klasse scharten sich um die halb blinden Spiegel über den Waschbecken, die aussahen, als seien sie im letzten Sommer zuletzt geputzt worden, und probierten Wimperntusche, Lippenstift und Make-up aus kleinen Pröbchen, die sie aus ihren Rucksäcken und Schultaschen hervorzauberten.

Meret war sicher, dass Mädchen zwischen zehn und

dreizehn die meiste Zeit in den Kosmetikabteilungen der Kaufhäuser verbrachten und versuchten, Parfüm und Make-up-Proben zu ergattern, die sie dann (weil die Mütter zu Hause einen Schreikrampf bekommen würden) in den Freistunden auf dem Schulklo ausprobierten.

„Kann man mal kurz ans Waschbecken?“, fragte sie, während sie genervt zwei Mädchen auseinander schob.

„Mann, bist du blöde!“ Das eine Mädchen, das höchstens zehn Jahre alt war, starrte Meret wutentbrannt an. „Jetzt ist der Lippenstift total verrutscht.“

Das stimmte. Das Mädchen mit dem kindlichen Kurzhaar-Pony-Schnitt sah aus wie ein Clown. Das halbe Gesicht war mit Lippenstift verschmiert.

„Das kann ich unmöglich gewesen sein“, meinte Meret ungerührt. Sie beugte sich über das Waschbecken und starrte sich im Spiegel an. Ihr Gesicht glühte, keine Frage, war aber trotzdem kreidebleich. Ihr Lider wirkten gerötet (dabei hatte sie nun nachweislich nicht geweint), und ihre Lippen waren so spröde, dass sie schon fast schuppig aussahen.

„Meret“, murmelte sie, „du siehst schaurig aus. Wenn ich Dennis wäre, würde ich mich freuen, dass du gegangen bist.“ Sie seufzte und drehte den Wasserhahn auf. Das Wasser gurgelte in den verstopften Abfluss und trieb ein paar Dinge an die Oberfläche, die Meret lieber nicht gesehen hätte. Empört wandte sie sich um.

„Sagt mal, wer ist für diesen Schweinkram verantwortlich?“, schrie sie.

Aber da waren die Mädchen auf einmal wie ein Spuk verschwunden, sogar der kleine Clown mit dem verschmierten Gesicht. Entnervt drehte Meret den Wasserhahn wieder zu, zog von einer Klorolle einen halben Meter Papier und begann, das Waschbecken zu wischen.

So bin ich nun mal, dachte sie grimmig. Total bescheuert.

Aber irgendwie musste sie die Zeit bis zur nächsten Stunde rumkriegen, ohne Dennis noch einmal unter die Augen zu kommen.

Was ich dringend brauche, dachte sie, ist Lipgloss. Ein richtiger Fettstift, der meine Lippen geschmeidig macht.

Sie versuchte es mit Spucke. Aber mit Spucke hatte sie es ihr ganzes Leben versucht, und das hatte nichts gebracht.

Als sie gerade an einem Punkt war, wo sie schwermütig zu werden drohte wegen ihrer Hässlichkeit, ihrer Hilflosigkeit und des Lebens überhaupt, klingelte es. Sie war erlöst.

In der nächsten Stunde hatten sie Deutsch, und das war ihr Lieblingsfach, bei Schumi, einem Lehrer, der die Noten nicht nach Schönheit gab.

Meret war es gewöhnt, mittags für sich zu kochen, weil ihre Eltern beide in Bonn arbeiteten und erst abends zwischen sieben und acht nach Hause kamen. Nicht dass sie eine begeisterte Köchin war, aber immerhin hatte sie es im Laufe der Jahre so weit gebracht, dass sie außer Mikrowelle und Heißwasserboiler auch den Herd bedienen konnte.

Ihre Omelettes mit geschälten Tomaten und Paprikaschnitzeln waren berühmt, und eine Sauce Bolognese konnte sie im Handumdrehen fabrizieren, wenn frisches Hackfleisch, Zwiebeln, Tomaten und Oliven im Haus waren (sie nahm immer schwarze, klein gehackte Oliven dazu, ein Geheimtipp). Meistens begnügte Meret sich mit einem Spiegelei, oder sie rührte einen Jogurt ins Müsli und zog sich mit dem Teller in die Sofaecke vor dem Fernseher zurück.

An diesem Tag wollte sie keine Zeit mit Kochen und Abwaschen verlieren. Sie holte zwei Scheiben gekochten Schinken aus dem Kühlschrank, klatschte sie zwischen zwei Toastscheiben, und das war's.

Sie wollte ihre Schularbeiten so schnell wie möglich erledigen und dann gleich in die Villa Kunterbunt. Irgendein Instinkt sagt ihr, dass Dennis da heute Nachmittag irgendwann auftauchen würde. Sie wusste zwar nicht genau, welchen Grund er haben könnte, aber vielleicht musste er ja seine Anlage abholen, oder er war so fasziniert von der Villa, dass es ihn einfach magisch wieder an den Ort des Geschehens zurückzog. In Liebesromanen passierte so was manchmal.

Meret entdeckte den Zettel auf dem Küchentisch erst, als sie ihr Mittagessen fast verdrückt hatte. Es war ein Schreibmaschinenbogen, und ihre Mutter hatte offenbar mal wieder keinen anderen Stift als ihren Augenbrauenstift zur Hand gehabt.

Schätzchen!

Du musst heute Nachmittag zu Hause bleiben. Die Leute vom Technischen Hilfswerk kommen noch einmal, um nach deinem

Zimmer zu sehen. Lass die Tür zur Waschküche niemals offen stehen!

Küsschen,

Mami.

Das Wasser! In ihrem Zimmer stand der Rhein bis zur Unterkante der Matratze, und sie hatte es völlig vergessen! Sie flitzte die Kellertreppe hinunter. Auf der untersten Stufe blieb sie stehen und lauschte.

Gluckste es noch? Sie hörte nichts. Sie schaute sich um. Der Kellerflur war klein, nur ein winziges Viereck, von dem eine Tür zu ihrem Zimmer abging und die andere in die Waschküche, in der es eine Waschmaschine, einen Trockner, eine zusammengeklappte Wäschespinne und zusammengeklappte Gartenmöbel gab. An der Decke hing eine Art Mobile aus indischen Glöckchen, die immerzu bimmelten, wenn von irgendwo ein Windhauch in den Keller drang. Jetzt bimmelten sie nicht.

„Scheiße", murmelte Meret. „Scheiße, Scheiße."

Der Boden des Vorraums war mit einer feinen braunen Schlammschicht bedeckt, die gerade trocknete und die ersten Risse bekam. Von weitem sah es aus wie eine Luftaufnahme des Dürregebietes in Somalia, raue, gerissene Erde. Ein paar Dinge klebten in dem Dreck, die da nicht hingehörten, die das Wasser offenbar in den Ecken gefunden und vor sich her getrieben hatte: eine Streichholzschachtel, eine aufgedunsene Zigarettenkippe. Noch eine Zigarettenkippe.

Meret bekam einen roten Kopf. Ihre Mutter hasste es, wenn Freunde von ihr in ihrem Zimmer rauchten.

„Es ist nicht meine Gesundheit, die dabei ruiniert

wird“, sagte sie immer. „Aber ich möchte eigentlich auch gerne ein gesundes Kind haben.“

Merets Mutter hatte ein Anti-Raucher-Zeichen außen an Merets Tür geklebt, aber ihre Freunde taten immer so, als ob sie es nicht sahen. Sie stellten sich ans geöffnete Fenster und pafften den Qualm in den Rhododendron, aber ein paar Zigarettenkippen landeten dann doch irgendwo, wo sie nicht hingehörten.

Meret ekelte sich. Sie schaute an sich herunter. Die Gummistiefel hatte sie ausgezogen, ohne einen Augenblick darüber nachzudenken, weshalb sie morgens mit Gummistiefeln aus dem Haus gegangen war.

In der Straße hatte sie keine Schlauchboote und keine verhärmten Feuerwehrleute mehr gesehen, alles hatte so ruhig gewirkt, so friedlich, als wäre in Köln wieder der Alltag eingekehrt, aber das war offenbar ein Irrtum.

Meret machte kehrt, stieg in die Gummistiefel und stapfte wieder nach unten. Sie kämpfte sich vor bis zu ihrem Zimmer und stieß mit angehaltenem Atem die Tür auf. Ihr Zimmer wirkte wie eine Rumpelkammer. Die Leute vom Technischen Hilfswerk hatten ganze Arbeit geleistet und nicht ein Stück auf dem anderen gelassen. Das Bett war dreißig Zentimeter höher als gewöhnlich, es stand mit seinen Pfosten auf Ytong-Steinen. Auf dem Bett der umgestülpte Schreibtisch, die Schubladen aufgeschichtet daneben, in dem Schreibtisch ihr Schreibtischstuhl, zusammen mit den Klamotten, die natürlich nur noch ein nasses, ekliges Bündel waren. Die Anlage war weg.

„Wo ist meine Anlage!“, schrie Meret.

Sie dachte sofort an Dennis. Wenn die Anlage nicht

mehr existierte, hatte sie keinen Vorwand, um Dennis einzuladen.

Der Boden ihres Zimmers war mit Schlamm bedeckt. Unter diesem Schlamm musste irgendwo ihr schöner Sisalteppich sein, knallrot.

Meret traten die Tränen in die Augen. Sie starrte auf die Poster an der Wand, auf die Fotos, die sie alle ein bisschen chaotisch unter einen Wechselrahmen gesteckt hatte. Der Rahmen hing natürlich vollkommen schief an der Wand. Meret nahm ihn ab und starrte auf die Fotos.

Sie schluchzte leise. Sie fühlte sich hundeelend. Der gekochte Schinken verformte sich in ihrem Bauch zu einem unverdaulichen Brocken, außerdem hatte sie einen sauren Geschmack im Mund.

Gleich wird mir schlecht, dachte sie. Gleich krieg ich eine Krise.

Es gab Fotos von ihr aus Alicante. Da war sie braun gebrannt, ganz straff und trug eine Sonnenbrille mit winzigen runden, pechschwarzen Gläsern. Ihr Bikinioberteil war ein bisschen altmodisch. Heute hatte man wieder Körbchen. Wunderbar. Auf dem Foto sah sie aus, als wenn sie praktisch überhaupt keinen Busen hatte, aber sie lachte so schön und hielt eine halbe saftige Melone in die Kamera. Irgendwie war es ein Foto, das Meret, die Lebenslustige, zeigte. Meret konnte sich nicht mehr erinnern, dass es ihr jemals so gut gegangen war.

Ein anderes Foto. Ihre Eltern in einem Hotel, offenbar irgendein feierlicher Anlass. Ihr Vater trug einen Smoking und ihre Mutter das blaue Seidenkleid. Meret verstand nicht, was dieses Foto hier zu suchen hatte. Sie hatte ihre Mutter im Verdacht. Sie war imstande, ihr eigenes Foto unter den Rahmen zu schmuggeln. „Damit du uns nicht vergisst, Schätzchen.“ Oder irgend so ein Spruch.

Es gab auch ein paar Fotos von Ingo. Ingo in einer Kneipe, das Gesicht hinter Rauchkringeln verborgen. Dabei rauchte er gar nicht. Ingo und Torsten, Heiner und Jürgen auf der Alaskareise, auf einer Kinderschaukel mit den blödesten Grimassen der Welt. Das Foto gefiel ihr besonders gut. Ingo sah so witzig aus. Dabei war er sonst nicht besonders witzig.

Dann Merets Starfoto: herausgeputzt für den Karneval. Sie trug eine Melone und schwarze Netzstrümpfe, dazu die Smokingjacke ihres Vaters und nichts darunter. Ziemlich gewagt, aber Klasse. Das war im Karneval vor einem Jahr gewesen.

Meret lächelte ein bisschen melancholisch. Ihr erster richtiger Schwips. Sie hatte die ganze Nacht gekotzt, aber möglichst so, dass ihre Eltern davon nichts merkten. Das war anstrengender gewesen als diese Übelkeit im Bauch und im Kopf. Danach hatte sie ein halbes Jahr keinen Tropfen Wein oder Bier mehr angerührt.

Das Telefon klingelte. Meret schreckte hoch. Sie schaute sich hilfslos um. Irgendwie, dachte sie, ticke ich nicht richtig. Stehe hier mit einem Bilderrahmen in der Hand mitten im Schlamm.

Sie rannte nach oben, nahm den Hörer und sagte atemlos: „Ja, hallo, hier ist Meret Baier.“

„Hallo, Mäuschen. Ich wollte mal sehen, wie es aussieht.“

Ihre Mutter. Meret schaute an sich herunter. Sie schaute auf den Teppichboden. Offenbar hatte ihre Mutter den Boden irgendwie mit einem Schaumreiniger behandelt, er war wohl noch feucht gewesen, denn jetzt hatte er dicke, braune Lehmtapser. Meret schloss die Augen. „Es sieht toll aus, Mami“, sagte sie. „Wo bist du?“

„Wo soll ich sein? Im Amt.“ Ihre Mutter war Verwaltungsangestellte im Bauministerium. Ihr Vater arbeitete im gleichen Ministerium, aber das war so groß, dass die beiden sich nie zu Gesicht bekamen.

„Toll?“, fragte ihre Mutter ungläubig. „Wirklich?“

„Na ja. Ich war eben in meinem Zimmer.“

„Und? Ist das Wasser wieder gekommen?“

„Nein“, sagte Meret. „Es ist gegangen. Aber es hat vergessen, den Dreck mitzunehmen. Mami, wer macht die ganze Scheiße eigentlich wieder sauber?“

„Kind, so redet man nicht.“

Meret verzog das Gesicht. Ihre Mutter konnte das Wort Scheiße nicht leiden, was Meret eigentlich verstand, aber es gab irgendwie keinen Ersatz für dieses Wort. Sollte sie sagen: Mist? Oder Dreck? Das war lange nicht so stark und weit davon entfernt, das auszudrücken, was sie meinte, wenn sie „Scheiße“ sagte. Aus vollem Herzen sozusagen.

„Das Zeug geht doch nie wieder raus.“

„Natürlich geht es wieder raus. Denk an die Fernsehwerbung. Der Dreck, den die immer wegkriegen.“

„Ha, ha“, sagte Meret. „Sonst glaubst du doch auch nie an die Fernsehwerbung.“ Sie lehnte sich gegen die Wand. „Im Ernst, kommt irgendjemand von der Stadtverwaltung und putzt die Wohnungen?“

„Warum sollten sie das tun?“

„Na ja, die sind doch verantwortlich dafür, dass der Rhein über die Ufer gestiegen ist.“

„Wer genau?“

„Ich weiß nicht. Wahrscheinlich Leute wie ihr. Von der Bundesbaudirektion. Hat Papi vielleicht etwas mit diesen Flussbegradigungen zu tun? Hat er mit den Genehmigungen zu tun, die dazu führen, dass kein Fluss in Deutschland mehr in seinem natürlichen Bett fließt?“

Meret hatte in der letzten Zeit so viele Kommentare im Fernsehen zu diesem Thema gesehen, sie konnte das herunterbeten. Ganz eindeutig hatten die Menschen selber Schuld, dass ihre Städte jetzt überflutet wurden. Sie hatten Schuld, dass die Berge anfingen zu rutschen und in riesigen Schlammlawinen ganze Dörfer und Weinberge unter sich begruben.

„Ich glaube nicht, dass wir jemanden finden, der dein Zimmer sauber macht“, sagte ihre Mutter.

„Scheiße“, murmelte Meret.

„Schätzchen!“

„Entschuldige, Mami. Ich weiß. Aber es ist trotzdem eine ausgemachte Kacke, dass mein Zimmer jetzt aussieht wie eine Müllhalde. Ich brauche doch Jahre, um das wieder in Ordnung zu bringen.“

„Nicht, wenn du richtig anpackst.“

„Und wie soll das gehen? Wo soll ich überhaupt anfangen?“ Bei dem Gedanken, dass sie mit Feudel, Eimern, Schrubbern und einer Batterie Reinigungsflaschen jetzt Scheuerkommando spielen sollte, kamen ihr sofort wieder die Tränen.

„Wieso bist du überhaupt ins Büro gefahren? Wieso bist du nicht zu Hause geblieben? Jetzt hängt alles an mir.“

„Du bist doch auch in die Schule gegangen“, sagte ihre Mutter.

Meret schwieg. Was sollte sie darauf erwidern?

„Außerdem", sagte ihre Mutter, „habe ich oben alles geputzt, bevor ich gefahren bin. Um zwölf Uhr habe ich erst das Haus verlassen."

„Das Putzen hättest du dir sparen können."

„Wieso?" Die Stimme ihrer Mutter war ganz schrill. „Was hast du gemacht?"

„Ich hab nichts gemacht. Aber Papis Gummistiefel."

„O Gott." Einen Augenblick war es still.

„Du hättest wirklich hier bleiben sollen", sagte Meret sanft und ein bisschen weinerlich, „dann wäre nichts passiert. Woher soll ich wissen, dass du gerade mit diesem blöden Schaumreiniger durch die Gegend gerauscht bist, und wieso hast du das heute gemacht? Ich meine, das Hochwasser kann jeden Augenblick zurückkommen."

„Es kommt nicht zurück. Es sinkt. Außerdem konnte ich nicht bleiben. Wir hatten eine wichtige Versammlung in der Behörde. Ich musste da sein."

Irgendetwas in der Stimme ihrer Mutter ließ Meret aufhorchen.

„Was denn für eine Versammlung?"

„Das erzähl ich dir, wenn wir heimkommen, Schätzchen."

„Wir? War Papi auch da?"

„Alle aus der Behörde. Jedenfalls alle aus den höheren Dienstgraden."

„Mami!", rief Meret. „Was ist los?"

Ihre Mutter schwieg.

Meret stellte sich ihre Mutter in ihrem Büro vor, diesem Betonbau mit den genormten Fenstern, den genormten

Schreibtischen, dem Usambaraveilchen auf dem Fensterbrett, wie sie Kringel in die Telefonschnur drehte. Das tat sie immer, wenn sie ein bisschen durcheinander war. Und jetzt bestand kein Zweifel mehr, ihre Mutter war sogar sehr durcheinander.

„Wir erzählen dir alles ganz genau, heute Abend."

„Mami, worum geht es überhaupt? Was ist los? Hat es etwas mit dem Hochwasser zu tun? Wieso redest du nicht?"

„Ich rede doch, Schätzchen. Nein, es hat nichts mit dem Hochwasser zu tun."

„Womit denn? Warum tust du so geheimnisvoll?"

„Tu ich gar nicht, Herzchen. Aber es handelt sich um etwas, das unser Leben verändern wird. Ich bin selbst noch ganz durcheinander."

Meret sagte nichts. Was sollte sie darauf sagen: etwas, das unser Leben verändern wird.

„Mein Leben oder euer Leben?", rief sie ins Telefon.

Aber ihre Mutter hatte gerade mit der Hand die Sprechmuschel abgedeckt, das konnte Meret ganz deutlich hören, da die Stimmen jetzt auf einmal ganz gedämpft klangen. Offenbar war jemand in ihr Zimmer gekommen, wahrscheinlich Müller-Ebenroth, ihr Vorgesetzter, der Regierungsdirektor, den Meret persönlich für ein ziemliches Arschloch hielt, weil er ihre Mutter immer so von oben herab behandelte. Dabei wussten alle in der Abteilung, dass ihre Mutter besser war als der Regierungsdirektor.

Meret wartete. Es dauerte eine Weile, dann nahm Merets Mutter die Hand von der Sprechmuschel.

„Schätzchen, bist du noch da?"

„Klar“, knurrte Meret. „Wo soll ich sonst sein? Also, was ist los?“

„Wir sind um sieben Uhr zu Hause. Bitte geh nicht weg. Falls die Leute vom Technischen Hilfswerk noch einmal kommen. Fang bitte schon einmal an zu putzen, ja?“

Wortlos legte Meret den Hörer auf.

Gegen fünf kam der Hausmeister, um sich den Schaden in ihrem Zimmer anzusehen.

„Ich hab's gewusst“, sagte er kopfschüttelnd, während er auf das Chaos in ihrem Zimmer schaute. „Hier in dieser Gegend lohnt es sich nicht, aus Kellern Wohnräume zu machen. Früher oder später saufen die alle mal ab.“

„Ich hab das Zimmer seit zwei Jahren“, sagte Meret.

„Da hast du zwei Jahre lang Glück gehabt.“ Der Hausmeister, der von Beruf Stadtgärtner war und den Job hier nur nebenbei erledigte, tapste hastig nach oben. „Viel Spaß beim Putzen.“

„Danke.“ Knurrend schlug Meret die Tür hinter ihm zu. Sie überlegte, ob sie sich erst einen Tee kochen oder lieber gleich mit dem Putzen weitermachen sollte, als das Telefon erneut klingelte.

„Hallo?“, rief sie.

„Selber hallo“, sagte eine Stimme. Eine männliche, jugendliche Stimme, die Meret irgendwie bekannt vorkam.

„Wer spricht da?“

„Ich wollte bloß mal fragen, wieso du heute Morgen aus der Cafeteria geflüchtet bist. War irgendwas?"

Meret bekam einen heißen Kopf. „Dennis?", fragte sie vorsichtig.

„Genau der. Was war los? Hab ich dich beleidigt, oder was? Erst komme ich extra zu dir, um ein bisschen unseren Smalltalk vom Morgen in der Straßenbahn fortzusetzen, und dann drehst du dich einfach um."

„Ich musste weg." Meret rutschte mit dem Hörer in der Hand an der Flurwand herunter, setzte sich im Lotussitz hin und schloss die Augen. Dennis war dran!

„Susi war auch total platt, dass du auf einmal abgehauen bist."

„Meine Güte. Was ist daran so schlimm?" Meret lächelte. Es war wunderbar, dass Dennis sich darüber aufregte. Irgendwie hatte sie ja gehofft, dass ihr Abgang ein bisschen dramatisch wirken würde und sie so noch vier Sekunden länger in seinem Bewusstsein haften bliebe.

„Woher hast du überhaupt meine Nummer?"

„Auch eine peinliche Geschichte." Dennis lachte.

Merets Herz klopfte, als sie ihn lachen hörte. Es klang wie ein Gummiball, der ganz schnell Marmortreppen herunterhüpfte oder so ähnlich. Jedenfalls fröhlich und gut.

„Ich hab Susi angerufen. Die dachte zuerst, ich will etwas von ihr."

„Klar", sagte Meret, „das denken doch alle."

„Was?"

„Na ja." Meret verhaspelte sich. „Ach nein, nicht alle. Ich wollte nur sagen – also, wenn du ein Mädchen anrufst, dann rechnet die doch nicht damit, dass du bloß von einem anderen Mädchen die Telefonnummer willst."

„Mhmh.“ Dennis’ Stimme klang ein bisschen amüsiert. „Und wenn ich dich jetzt angerufen habe, bloß weil ich von dir die Telefonnummer von der Villa Kunterbunt haben will?“

„Dann glaub ich das nicht, weil du die Nummer bestimmt auswendig weißt.“

Dennis lachte wieder.

Meret kuschelte sich noch ein bisschen gemütlicher in die Ecke.

Einen Augenblick war es still. Es kam Meret vor, als wenn einer auf die Atemzüge des anderen lauschte und darauf wartete, dass der andere etwas Schlaues sagte. Etwas, das die Unterhaltung einfach in Gang hielt, wie Wasser, das über Bachkiesel fließt.

„Was machst du gerade?“, fragte Dennis nach einer unendlichen Weile, als das Schweigen schon fast peinlich wurde.

„Ich sitz im Flur auf dem Fußboden, im Schneidersitz, und drehe Schnecken in die Telefonschnur.“

Dennis lachte. „Was hat der Flur für eine Farbe?“

Meret schaute sich in dem Flur um. „Die Decke ist so mit Holz verschalt. Naturholz. Die Wände sind eine Mischung zwischen gelb und grün. Na ja, mehr gelb.“

„Und der Fußboden?“

„Teppichboden. Noch ein bisschen feucht. Meine Mutter hat ihn vorhin sauber gemacht, bevor sie ins Büro fuhr. Mit so ’nem Teppichschaum. Langsam muss ich aufstehen, sonst krieg ich einen nassen Hintern.“

„Was für eine Farbe hat der Teppichboden?“

„So hellgelb mit braunen Noppen.“

„Kann ich mir jetzt ungefähr vorstellen“, sagte Dennis.

„Und was hast du gemacht, bevor ich angerufen habe?"
„Mich über den Hausmeister geärgert. Der Typ rennt von einer Wohnung in die andere und besieht sich den Schaden. Kommt aber nicht auf die Idee, beim Putzen zu helfen."
„Ich schätze, das ist auch nicht seine Aufgabe."
„Wahrscheinlich nicht."
Einen Augenblick war es wieder still.
„Und du?", fragte Meret schließlich.
Dennis lachte. „Ich stehe in einer Telefonzelle. Wenn ich die Tür aufmache, wird es laut. Und es stinkt."
Meret versuchte sich die Telefonzelle vorzustellen. Sie sah Dennis, wie er sich gegen die Wand lehnte, mit dem Bein die Tür zustemmte, den Hörer eingeklemmt zwischen Kinn und Schulter. Zu seinen Füßen wahrscheinlich irgendeine Sporttasche oder so.
„Wieso rufst du mich von einer Telefonzelle an?", fragte Meret. Sie wusste selbst, dass ihre Frage nicht sehr originell war, aber es interessierte sie.
„Keine Ahnung. Ich kam gerade an der Zelle vorbei, als so ein Typ rauskam, mich ansah und sagte: „Stecken noch sechzig Pfennig drin. Wenn du telefonieren willst, bitte!" Er lachte wieder. „Das ist sozusagen ein Gratisgespräch."
„Na toll." Meret war ein bisschen enttäuscht, sie wusste selbst nicht, wieso.
„Ich dachte, vielleicht hast du auch gerade nichts vor. Vielleicht könnten wir uns irgendwie treffen. Fährst du heute noch in die Villa Kunterbunt?"
„Ich kann nicht. Ich muss meine Bude putzen. Drei Zentimeter Schlamm. Und alle Schuhkartons mit den Fotos aufgeweicht und eklig. Die meisten Fotos kann ich

wegschmeißen. Mein ganzes Leben ist sozusagen eine große Matsche."

„Du bist witzig", sagte Dennis. „Ich mag das."

Meret richtete sich langsam aus ihrer Kauerstellung wieder auf.

„Ich fand das überhaupt klasse, dass wir heute mal zusammen geredet haben. Ich wollte das schon die ganze Zeit."

„Echt?", fragte Meret. Sie musste sich zusammennehmen, um ihrer Stimme weiterhin diesen coolen, leicht unbeteiligten Touch zu geben. Sie schloss die Augen und dachte daran, wie Dennis' Hand sich über ihre Finger geschlossen hatte ...

„Mir hat es auch gefallen", murmelte sie.

„Was hat dir gefallen?"

Meret riss die Augen wieder auf. Sie lachte, einfach nur aus Verlegenheit. „Ich weiß nicht mehr, ich rede Blödsinn. Ich muss jetzt weiterputzen, tut mir Leid. Viel Spaß heute noch."

„Ja, danke. Dir auch." Dennis zögerte. „Echt schade, dass wir uns heute nicht mehr sehen."

„Vielleicht morgen in der Straßenbahn", sagte Meret und legte schnell auf.

Sie stürzte in die Küche, riss den Teekessel vom Herd und hielt ihn unter den Wasserstrahl. Sie brauchte jetzt dringend eine Tasse Tee. Zwei, drei mit Butter und Honig bestrichene Zwieback und die Kuschelecke auf ihrer Lieblingscouch, um das Telefongespräch noch einmal ganz in Ruhe, ganz langsam und genau, für sich zu analysieren.

Dennis hatte angerufen! Der Wahnsinn!

Erst danach würde sie sich wieder in die schmutzige Unterwelt begeben und putzen, bis die Bude wieder glänzte. Denn wer weiß: Vielleicht kam ja schon bald der Tag, an dem Dennis sie besuchen würde ...

Als sie das nächste Mal auf die Uhr schaute, war es Viertel vor sieben.

Meret hatte ihr Zimmer wieder so weit, dass man nachts darin schlafen konnte, ohne sich zu grausen. Sie fand zwar, dass es irgendwie nach schmutzigem Rheinwasser roch, aber das war vielleicht nur Einbildung. Wer weiß, ob das Wasser, das durch das spröde Mauerwerk gedrungen war, überhaupt Flusswasser war. Vielleicht kam es ja auch aus dem Boden, war ganz einfach Grundwasser. Oder es kam aus der Kanalisation ... Aber daran wollte Meret lieber nicht denken.

Sie hatte die Sachen alle wieder so ziemlich an ihren richtigen Platz bugsiert, der Schreibtisch war aufgeräumt, die Bettwäsche in der Waschmaschine und der Müll in einem großen blauen Sack. Meret hatte sofort die Gelegenheit ergriffen, ein bisschen auszumisten. Nicht zu fassen, was sie in diesen Schuhkartons über die Jahre so alles gesammelt hatte: Kinokarten und schöne Kieselsteine, Wollreste, um daraus eine Patchworkdecke zu häkeln (was sie schon vor vier Jahren wieder aufgegeben hatte), Puppenkleider und eine Kosmetikkiste für ihre Barbiepuppen, inklusive Trockenhaube, Lockenwickler und Haarspangen (Wahnsinn!). In einem Karton waren die Herbstblätter, die sie einmal gesammelt hatte, um daraus Collagen zu machen. Als sie den Deckel öffnete, zerfielen sie zu Staub.

Das Einzige, was Meret wirklich rettete und für alle Zeiten in ihrem Kleiderschrank verbarg, waren die Tagebücher. Seit ihrem zehnten Geburtstag schrieb sie Tagebuch. An ihrem fünfzehnten Geburtstag hatte sie ebenso plötzlich damit aufgehört, aber sie würde diese Bücher aufbewahren, immer und ewig, und eines Tages als Schriftstellerin daraus ihre tollsten Stoffe für Romane und Kurzgeschichten holen. Da war sie ganz sicher.

Sie holte aus dem Wäscheschrank frische Bettwäsche. Aber als sie das Kopfkissen bezogen hatte, fühlte sie sich auf einmal so erschöpft, dass sie alles stehen ließ, nach oben ging, um im Bad das Wasser in die Wanne laufen zu lassen. Sie war verschwitzt und schmutzig. Immer wieder hatte sie sich mit den dreckigen Fingern die Haare aus dem Gesicht gestrichen, sich an dieser blöden Stelle am Oberschenkel gekratzt, die Gummistiefel fünfmal an- und wieder ausgezogen und sich dabei lauter Schmutzstreifen zugezogen. Jetzt war Schluss!

Jetzt würde sie ein Bad nehmen, eine Cola aus dem Kühlschrank holen und eine Tüte Erdnussflips, die sie im Schrank entdeckt hatte, und es sich im Bad gemütlich machen.

Meret liebte es, stundenlang in der warmen Badewanne zu liegen. Alle Badeschäume und Cremes und Ölessenzen auszuprobieren, die ihre Mutter im Badeschrank hortete, dabei Musik zu hören, zu lesen oder einfach nur zu träumen.

Sie würde sich ihre Haare waschen, die Beine rasieren, die Nägel schneiden und vielleicht den neuen farblosen Lack ausprobieren, den sie neulich im Supermarkt erstanden hatte (glücklicherweise hatte die Mutter sich die Abrechnung nicht geben lassen, normalerweise musste sie so etwas von ihrem Taschengeld bezahlen). Sie würde daliegen in dem weichen, warmen Wasser, sich den Schwamm aufs Gesicht und den Busen drücken und von Dennis träumen.

Irgendetwas sagte ihr, dass aus ihr und Dennis etwas werden würde. Etwas ganz Tolles.

Welcher Junge rief schon einfach von einer Telefonzelle an, um zu sagen, dass er sich über das Treffen morgens in der Straßenbahn gefreut hatte? Wer machte das schon? Und es spielte auch wirklich keine Rolle, dass noch sechzig Pfennig im Automaten gesteckt hatten.

Vielleicht, dachte Meret, während sie die Wassertemperatur prüfte, hat er das ja auch nur gesagt, um die Tatsache ein bisschen abzuschwächen. Die Tatsache, dass er einfach Sehnsucht nach ihrer Stimme hatte.

Lächelnd ließ sie ihre schmutzigen Kleider fallen und stieg ins Wasser. Mit einem tiefen Seufzer ließ sie sich in den dicken, weißen Schaum sinken.

Dennis Kaufmann, dachte sie, es ist einfach Klasse, dass du heute angerufen hast. Du hast mir den Tag gerettet. Auf diese Weise war das Putzen überhaupt kein Problem. Danke, Dennis Kaufmann.

Sie tupfte sich ein Schaumhäubchen auf die Nasenspitze und eines auf jede Brustwarze und schaute zu, wie es dahinschmolz.

Da hörte sie die Haustür, das Klappern der Schüssel,

und im gleichen Moment die erschöpfte und gereizte Stimme ihrer Mutter. „Meret? Bist du da?"

Ihr Vater rief: „Diese Musik! Seid ihr jungen Leute heute alle taub? Das ist ja nicht auszuhalten!" Sie hörte seine energischen Schritte in der Diele.

„Meret?" Das war wieder ihre Mutter. „Mädchen?"

Meret ging auf Tauchstation. Sie konnte ziemlich lange unter Wasser bleiben. Sie hatte so gute Lungen, das hatte damals, als sie ihren Fahrtenschwimmer machte, schon der Schwimmlehrer erkannt. Meret konnte fünfzig Meter mit Leichtigkeit tauchen, das machte ihr überhaupt nichts aus. Sie wünschte sich von ihren Eltern einen Tauchkurs für die Sommerferien. Irgendwo, wo das Wasser warm war und lauter bunte, schillernde Fische zwischen abenteuerlichen Korallenbänken schwammen.

Unter Wasser hörte man nichts. Nicht einmal die Stimme der Eltern. Aber man konnte durch das Wasser und die letzten Schaumreste hindurch zur Wasseroberfläche schauen, und da tauchte auf einmal, ein bisschen verzerrt, das Gesicht ihrer Mutter auf, dann patschte eine starke Hand ins Wasser und zog sie an den Schultern heraus.

„Kind! Was soll das? Immer erschreckst du mich so."

„Ich will mir die Haare waschen", sagte Meret. Sie schüttelte den Schaum von den Schultern. „Ich bin völlig verdreckt von dieser Arbeit."

Das Wasser lief ihr aus den Haaren in die Augen. Meret blinzelte, versuchte, nach der Shampoo-Flasche zu greifen, rutschte aber in der glitschigen Badewanne ab und sank wieder tief ins Wasser. Sie musste lachen, weil das Gesicht ihrer Mutter so komisch war.

„Cola und Chips in der Badewanne!“ Ihre Mutter sammelte die Sachen ein. „Ist das die neue Mode?“

Meret angelte sich den Schwamm und begann ihre Arme von dem Dreck zu befreien. „Ich hab mein Zimmer geputzt, Mami. Stundenlang, es war die Hölle.“

„Das glaub ich dir, jetzt ist der Flur die Hölle. Hast du diese Tapser auf dem Fußboden gesehen?“

Meret hob ihr rechtes Bein aus dem Wasser. Sie fuhr prüfend mit der Hand über die Haut. „Kannst du mir mal kurz den Rasierer rüberreichen? Ich hasse Haare an den Beinen.“

Ihre Mutter war blass, das sah Meret sehr wohl. Die Mutter war oft blass, wenn sie abends aus Bonn zurückkam. Der Job war hart, davon war Meret überzeugt. Ihr Vater wirkte abends lange nicht so erschöpft, was natürlich immer wieder dazu führte, dass ihre Eltern sich über die doppelte Belastung einer berufstätigen Mutter in die Haare kriegten. Meret hatte das Gefühl, dass genau dieser Augenblick wieder gekommen war. Sie hörte, wie ihr Vater die Musik im Wohnzimmer leiser stellte, im nächsten Augenblick war sie ganz aus, und der Gongschlag der Heute-Nachrichtensendung hallte durch die Wohnung.

„Ihr seid pünktlich wie die Maurer“, sagte Meret, um einen Scherz zu machen. „Die Leute vom Technischen Hilfswerk waren übrigens noch nicht da, auch sonst kein Mensch. Wo ist meine Anlage?“

„Dein Vater hat sie in Sicherheit gebracht.“

Einen Augenblick sah Meret wieder die meergrünen Augen von Dennis vor sich.

„Was heißt, in Sicherheit gebracht? Geht sie noch, oder geht sie nicht mehr?“

Merets Mutter nahm das Badetuch von der Heizung, breitete es auseinander, stellte sich einladend vor die Badewanne.

„Komm raus, Meret. Das ist nicht der richtige Augenblick, um ein Badezimmer-Happening zu veranstalten." Ihre Mutter zog einfach den Stöpsel aus der Wanne.

„Mami!", schrie Meret, allmählich zornig werdend. „Ich bin sechzehn Jahre. Ich habe vier Stunden lang meine Bude geschrubbt, und jetzt nehme ich ein Bad! Was hast du daran auszusetzen!"

„Ich bin müde", sagte die Mutter. „Und erschöpft."

„Klar, weiß ich, versteh ich. Willst du auch ein Bad nehmen, oder was?"

Ihre Mutter schüttelte den Kopf. „Ich möchte, dass du da rauskommst."

Merets Geduld war am Ende. Sie richtete sich auf, riss ihrer Mutter das Handtuch weg und stopfte es oben auf die Ablage über der Badewanne. Dann steckte sie den Stöpsel wieder rein und ließ warmes Wasser nachlaufen. „Diese Wohnung gehört mir so gut wie euch", sagte sie.

„Nicht mehr lange", sagte ihre Mutter und ging zur Tür.

Meret schoss aus dem Wasser hoch. Sie starrte ihre Mutter an.

„Was hast du gesagt?"

Ihre Mutter hatte diesen kleinen Augenblick des Triumphs. Meret sah, wie ein Lächeln über ihr Gesicht huschte.

„Wir ziehen in vier Wochen nach Berlin."

Sie öffnete die Badezimmertür, ging hinaus und schloss sie hinter sich.

Meret starrte auf die geschlossene Tür. Sie wischte das Wasser vom Gesicht, vom Hals. Sie bohrte in den Ohrmuscheln, weil es da drinnen auf einmal so rauschte. Hatte sie sich verhört? Hatte sie Halluzinationen? Irgendwelche Sinnestäuschungen, die damit zusammenhingen, dass der Rhein sein Bett verlassen hatte?

Vielleicht werden die Menschen wunderlich, wenn solche Naturkatastrophen passieren, dachte sie. Vielleicht ist das ganz normal.

Wir ziehen in vier Wochen nach Berlin. Dieser Satz steckte in ihrem Gehörgang. Ein Satz, den sie nicht fassen konnte.

Was, verdammt noch mal, soll ich in Berlin?, fragte sich Meret und versank im Wasser, das sich langsam gelbbraun färbte.

„Es ist heute verkündet worden", sagte Rüdiger Baier, während er mit einem Auge im Fernsehen die Hochwasserstandsmeldungen verfolgte. „Obwohl ich sicher bin, dass alles schon lange geplant war."

„Die ganze Regierung zieht nach Berlin", sagte Merets Mutter.

Meret saß stumm und appetitlos am Esszimmertisch. Sie ritzte mit dem Fingernagel irgendwelche Runenzeichen in die Tischdecke. Sie hörte zu, aber irgendwie hatte sie das Gefühl, dass sie nicht gemeint sein konnte. Klar, die Regierung würde irgendwann von Bonn nach Berlin ziehen. Das war beschlossene Sache. Das hatte der Kanzler groß im Fernsehen verkündet, und dann noch einmal Rita Süssmuth, die war ja die Bundestagspräsidentin und hatte offenbar ein Wörtchen mitzureden.

„Und da dein Vater und ich im Baureferat arbeiten“, sagte ihre Mutter, „trifft es uns natürlich als eine der Ersten. Wir müssen den Umzug vorbereiten, für das Auswärtige Amt, das Verteidigungsministerium, das Wirtschaftsministerium. Wir müssen Wohnungen suchen für mehr als tausend Leute. Wir müssen verhandeln über Grundstücksankäufe, Sanierungen, Abrisse und Neubauten.“

Rüdiger und Ruth Baier schauten sich über den Esstisch an.

Meret hatte das Gefühl, dass unter ihren Sätzen die Tomaten verfaulten und der Quark ranzig wurde. Abends gab es immer den gesunden Quark mit Schnittlauch.

„Und das müsst ihr alles ganz allein machen?“, fragte Meret zynisch. „Es gibt sonst in diesem ganzen Regierungshaufen keinen, der das so gut kann wie ausgerechnet meine Mutter und mein Vater?“

„Meret, Mäuschen“, mahnte ihre Mutter sanft, „jetzt wirst du unsachlich.“

„Ich will nicht nach Berlin“, sagte Meret. Sie schob den Teller noch ein bisschen weiter von sich weg. „Ich will nicht nach Berlin ziehen. Niemals!“ Sie schaute ihre Eltern trotzig an. „Ihr könnt doch ohne mich umziehen.“

„Das ist nicht dein Ernst“, sagte ihr Vater und drehte den Fernseher leiser. „Du bist sechzehn Jahre alt. Du ziehst dahin, wo deine Eltern sind. Das ist doch klar.“

„Ich kann meine Schule jetzt nicht aufgeben“, sagte Meret. „Das ist ein ganz heikler Moment.“

Sie dachte an die Straßenbahn heute Morgen, dachte an Dennis, der seine Hand auf ihre Finger in die Halteschlaufe gelegt hatte. Sie dachte daran, wie er ihr in die Augen gesehen und gesagt hatte: „Man sieht sich ja bestimmt noch." Sie dachte daran, dass Dennis der Mann war, den sie liebte und den sie bestimmt ganz lange lieben würde.

Sie dachte an all die Mädchen, die vor Liebeskummer Selbstmord gemacht, sich vor Züge geworfen und aus dem vierzigsten Stock gestürzt hatten, nur weil sie nicht den Jungen sehen konnten, den sie liebten.

„Das könnt ihr mir nicht antun", flüsterte Meret. Tränen traten in ihre Augen. „Nicht jetzt. Nicht in diesem Augenblick."

Ihre Mutter schaute sie an. Verständnislos. „Aber was ist denn an diesem Augenblick so Besonderes?"

„Wir sind kurz vor den Zeugnissen", rief Meret. „Es geht jetzt um die Entscheidung, welche Leistungsfächer ich nehme. Ich habe in Deutsch einen solchen super Lehrer, den Schumi, ich krieg in meinem ganzen Leben nicht wieder so einen Lehrer, der mich so fördert. Ich möchte später Schriftstellerin werden, ich möchte ganz dicke, kitschige Romane schreiben. Der Schumi hat gesagt, dass ich das Zeug dazu habe. Er will mir helfen. Er will mich ..."

Sie stand auf und warf sich schluchzend ihrer verblüfften Mutter an den Hals. „Bitte! Wenigstens bis zu den Sommerferien!"

Ihre Mutter saß ganz starr. „Und wo willst du bis zu den Sommerferien wohnen?"

„Ganz ausgeschlossen." Rüdiger Baier erhob sich. Er holte sich ein weiteres Bier aus dem Kühlschrank. „Wir sind eine Familie, und wir bleiben eine Familie."

Meret stürzte aus dem Zimmer. Sie rannte die Treppe hinunter, stieß die Tür zu ihrem Zimmer auf und warf sich aufs Bett. Ein Weinkrampf schüttelte sie.

Dennis saß in der Straßenbahn, in der ersten Reihe neben dem Eingang, und er hatte seine Schulsachen so auf dem Nachbarsitz ausgebreitet, dass niemand gewagt hatte sich dazuzusetzen.

Als Meret einstieg, hob er nur lässig den Arm und rief: „Hier ist noch Platz!“

Meret fiel ein Stein vom Herzen. Sie war so froh, Dennis in der Straßenbahn zu sehen, so, als würde er sonst für immer aus ihrem Leben verschwunden sein, wenn das nicht geklappt hätte.

Dennis nahm die Sachen auf den Schoß und wartete, bis sie sich gesetzt hatte.

„Ich muss dir nämlich was erzählen“, begann er, kaum dass sie sich zugelächelt hatten.

„Ich dir auch“, sagte Meret. Ihre Stimme kippte fast wieder um. Sie hatte in der Nacht kein Auge zugetan, jedenfalls schien es ihr so. Am Morgen war das Kopfkissen so feucht gewesen, als hätte sie es ohne Trockengang aus der Waschmaschine gezogen.

„Du zuerst“, sagte Dennis.

Meret atmete tief durch. Sie riss die Augen auf, kniff sie wieder zusammen, fuhr mit der Zunge über die spröden Lippen und sagte: „Wir ziehen weg.“

„Was?“ Dennis fuhr aus dem Sitz hoch, die Bücher rutschten von seinen Knien, und der ganze Schlamassel breitete sich zu ihren Füßen aus.

„Scheiße!“, schrie Dennis. „Mein Ringbuch ist geplatzt!“

Und nicht nur das. Aus dem Seitenfach waren all die kleinen Notizzettelchen und Kinokarten und Telefonnummern gerutscht, und Fotos und Ausweise für die Bibliothek, die öffentlichen Verkehrsmittel und ein Blutspenderausweis.

Den hob Meret auf. „Du spendest Blut?“, fragte sie verblüfft.

„O Mann, die ganzen Sachen, alle durcheinander. Ich dreh durch. Wie viel Stationen noch?“ Dennis ging in die Hocke, um die Sachen einzusammeln.

Meret sah aus dem Fenster. „Drei Stationen.“

Sie bückte sich und sammelte seine Ringbucheinlagen ein. Es war wirklich alles durcheinander gerutscht, das konnte man schon daran sehen, dass die Seiten mit den Rechenkästchen zwischen den linierten Seiten lagen. Und die glatten Trennblätter waren durch die halbe Straßenbahn geschlingert. Sie hockten auf dem Boden, ihre Gesichter ganz nah beieinander.

„Oh, und Tennis spielst du auch?“

„Quatsch.“ Dennis riss ihr das Foto aus der Hand. „Das war ein Juxfoto. Ich spiel doch nicht Tennis. Hältst du mich für so einen verwöhnten Bubi? Das war bloß Quatsch. Wir haben einem Kumpel die Sachen ausgezogen, sie uns übergeschmissen und uns mit seiner Polaroid fotografiert und ihn dann nackt ... Hey, gib das Bild her!“ Er riss ihr ein Foto aus der Hand, das offenbar den nackten Typen zeigte. „Dafür bist du noch zu jung.“

„Ha, ha.“ Meret beschloss, nicht mehr so neugierig zu sein. Sie hob das Geschichtsbuch auf und legte es auf seinen Sitz. „Das ist nur das Geschichtsbuch. Ich wette, das ist ohne Geheimnisse. Wieso spendest du Blut?“

„Wieso nicht? Ich hab genug, und manche haben zu wenig. So einfach ist das.“

Meret beobachtete ihn, wie er auf dem schmutzigen Straßenbahnboden herumkroch. Sie schaute sich um. Die anderen Typen, mit denen er sonst jeden Morgen fuhr, hatten wohl alle verschlafen. Außer ein paar Kids aus der fünften und sechsten Klasse, die sie nur vom Sehen kannte, waren keine bekannten Gesichter in der Bahn zu entdecken.

„Ich helf manchmal in der Behindertengruppe“, sagte Meret. „Die in der Villa Kunterbunt Freizeiträume hat. Du weißt schon.“

„Weiß ich nicht. Aber ich find’s toll. Ich hab zu so was nie Geduld. Wenn einer nicht sofort akzeptiert, was ich will, dann ist es schon schwierig.“

„Du musst einfach nichts wollen“, sagte Meret.

Dennis schaute sie wieder an. Er strich sich mit den Händen die Haare aus der Stirn. Seine Augen waren noch meergrüner als gestern. Noch durchsichtiger.

Dieser Typ hat die schönsten Augen der Welt, dachte Meret. Ihr fiel eine Kosmetikanzeige für ein Männerparfüm ein, da gab es einen Typen, der auch unheimlich durchsichtige, klare Augen hatte. Aber die waren nichts gegen die Augen von Dennis. Eisgletschergrün.

„Ist das wahr?“, fragte Dennis.

„Was?“

„Dass ihr wegzieht?“

Meret nickte. „Wenn nicht ein Wunder passiert.“

„Dann lass doch ein Wunder passieren“, sagte Dennis

grinsend. „Ist doch einfach. Komm, lass ein Wunder passieren."

Er schaute aus dem Fenster. Dann sah er sie wieder an. „Ich will nicht, dass du wegziehst. Ich find's Scheiße. Du bist das einzige starke Mädchen in dieser ganzen verdammten Stadt. Du kannst mit der Straßenbahn von Norden nach Süden und von Osten nach Westen fahren und findest nicht an einer Station so jemanden." Er schwieg.

Meret schwieg auch. Sie starrte ihn an. Sie konnte es nicht fassen. Dieser Mensch sprach filmreife Sätze! Und diese Sätze galten ihr, Meret Baier, aus der Talstraße Nr. 24.

Sie lächelte. Ich muss mir genau merken, was er gesagt hat, dachte sie. Ich darf es nicht vergessen. Ich muss es zu Hause in mein Tagebuch schreiben. Ihr fiel ein, dass sie das Tagebuchschreiben vor einem Jahr aufgegeben hatte, und zwar genau auf der letzten, bis zum Ende voll geschriebenen Seite einer Kladde, die außen mit Engelbildern beklebt war.

Ich muss noch eine Seite reinlegen, dachte sie, das muss hineingeschrieben werden. Unbedingt. Das ist genial.

„Was guckst du so?", fragte Dennis, auf einmal ein bisschen verlegen. „Hab ich irgendwie was Falsches gesagt? Darf man in deiner Gegenwart so nicht reden?"

Meret schüttelte den Kopf, sie lachte. „Ich werd das Wunder passieren lassen", sagte sie.

Meret stand vor dem Lehrerzimmer. Sie hatte eine Freistunde, und sie wusste, dass auch Schumi eine Freistunde hatte. Sie wagte aber nicht zu klopfen. Sie hatte keine Ahnung, ob der Direx vielleicht drin war, oder Rita, die schmallippige Sekretärin, die alle Schüler hasste (was auf Gegenseitigkeit beruhte).

Irgendwann ging die Tür auf. Theo, der Kunsterzieher, wie immer mit leicht abwesendem Blick, wollte an ihr vorbeirauschen. Aber Meret stellte sich ihm in den Weg.

„Bitte, Herr Theobald, ist Herr Schuhmacher im Lehrerzimmer?"

Theo runzelte die Stirn, blickte Meret an. Dann nickte er. „Er korrigiert. Willst du so schnell wissen, was für eine Note du bekommst?"

Meret schüttelte den Kopf. „Wir haben keine Arbeit geschrieben. Ich möchte ihn nicht stören. Könnten Sie ihn vielleicht fragen, ob er einen Augenblick Zeit hat?"

Theo seufzte. Er hasste es, wenn er aus seinen Gedanken gerissen wurde.

„Ich werde es versuchen." Er verschwand wieder.

Eine Viertelminute später kam er mit Schumi im Schlepptau wieder heraus.

„Hier hast du ihn", sagte er und eilte davon.

Schumi lächelte. Er verschränkte die Arme vor der Brust.

„Na, wo brennt es? Ich sitz gerade über der Nacherzählung der siebten Klasse. Was die sich so zusammengeschrieben haben ... Ich hab mir gerade überlegt, ob ich deine Arbeit heraussuchen soll, ihr habt damals über das gleiche Thema geschrieben."

„Was denn für ein Thema?", fragte Meret.

„Die Fabeln von La Fontaine."

„Oh." Meret konnte sich nur noch vage an die Fabeln erinnern.

„Also, wo brennt's?"

Meret nahm ihren ganzen Mut zusammen. „Ich wollte Sie fragen, ob Sie mir helfen können."

Schumi lächelte noch ein bisschen herzlicher. „Wenn es in meiner Macht steht."

„Wir ziehen um. Das heißt, meine Eltern ziehen nach Berlin, weil da ja die neuen Regierungsviertel gebaut werden müssen."

Schumi nickte. „Ich weiß, deine Eltern arbeiten beide im Baureferat in Bonn."

„Genau." Meret atmete tief durch. Sie schaute Schumi mit wagenradgroßen, flehenden Augen an. „Aber ich möchte nicht mit. Ich möchte hier bleiben, bei Ihnen."

Schumi lachte. „Das ist aber nett gesagt."

„Sie sind der beste Lehrer, den ich hatte. Ich weiß, dass ich nie mehr so einen guten Deutschlehrer bekomme."

„Dafür vielleicht einen besonders netten Mathelehrer." Schumi lehnte sich gegen das schwarze Brett und rieb sich die Hände. „Aber es ehrt mich natürlich."

„Ich möchte Schriftstellerin werden", sagte Meret, ihre Stimme war ganz atemlos. „Oder vielleicht Journalistin. Und ich weiß, dass Sie mir helfen können. Sie haben es schon einmal angedeutet."

Schumi schaute sie an. Er zog die Augenbrauen hoch. „Du möchtest, dass ich mit deinen Eltern spreche?"

Meret nickte.

„Du möchtest, dass ich sie davon überzeuge, dass du in Köln bleiben musst, an der Theodor-Heuss-Schule, wenn sie nach Berlin gehen?"

„Bitte", flüsterte Meret.

Schumi strich mit der Hand über das Kinn. Nachdenklich musterte er Meret. „Und wo willst du dann wohnen?"

Meret schluckte. Sie hob die Schultern. „Das weiß ich auch nicht."

„Wenn du deine Eltern davon überzeugen willst, dass du in Köln bleiben musst, dann musst du ihnen auch eine Möglichkeit präsentieren, eine Bude, ein Zimmer, irgendetwas, das sie akzeptieren können. Das ist dir doch klar, oder?"

Meret schaute Schumi an. Sie nickte.

Er lächelte, legte seine Hand auf ihren Arm und sagte: „Ich rede mit ihnen."

„Versprochen?", flüsterte Meret.

„Versprochen."

Am nächsten Tag stand es in der Zeitung, dass der Berlinumzug nun doch schneller vorangehen sollte als in der letzten Legislaturperiode beschlossen.

Rüdiger Baier hatte wortlos den Zeitungsausschnitt auf Merets Bett gelegt, und dabei mit einem Marker den Namen seines Vorgesetzten herausgehoben. Als wenn Meret so etwas beeindrucken könnte.

„Wieso sucht ihr euch nicht einen anderen Job?", fragte sie beim Abendessen.

Sie waren zum Italiener gegangen, wahrscheinlich, weil die Eltern glaubten, dass Meret da leichter zu besänftigen sei. Aber Meret hatte ihre Tigerkrallen ausgefahren, sie wusste, was sie wollte. Und das war: in Köln bleiben. Um jeden Preis.

Ihre Mutter starrte sie über die vegetarische Pizza fassungslos an. Sie nahm die Serviette, tupfte sich die Lippen, setzte das Chianti-Glas an und leerte es. „Einen anderen Job suchen? Bist du so naiv, oder tust du nur so?"

„Wir sind Beamte", sagte ihr Vater. „Und außerdem gibt es zur Zeit in diesem Land fast dreizehn Prozent Arbeitslose. Glaubst du, die Jobs liegen einfach so auf der Straße?"

Ihre Mutter seufzte. Sie sah blass aus, gereizt und überarbeitet, wie so oft.

„Und wenn Mami einfach hier bleibt?", schlug Meret vor. „Vielleicht ist sie dann nicht mehr so gereizt."

Der Kellner kam und fragte, ob die Pizza okay sei. Alle drei nickten, ohne aufzuschauen. Der Kellner räumte das leere Weinglas von Ruths Platz und fragte, ob sie noch ein Glas Wein wolle. Ruth Baier nickte.

„Mir auch noch eins!", rief Merets Vater, leerte sein Glas hastig und reichte es dem Kellner. „Heute Abend brauche ich das."

„Ich bin gereizt?"

Meret lächelte. Sie hob die Schultern. „Ich meine es doch nicht böse. Soll doch keine Anklage sein."

„Das wäre ja noch schöner", sagte ihr Vater. „Wenn man bedenkt, dass wir schließlich so viel arbeiten, um dir ein schönes Leben zu ermöglichen."

Meret hasste diese Gespräche. Als wenn sie ihre Eltern gezwungen hätte, so viel zu arbeiten. Als wenn sie ihren Eltern die Pistole auf die Brust setzen würde und sagen: Neue Jeans! Ein Rennrad! Ein Interrail-Ticket! Lächerlich!

Der Kellner brachte den Wein, und Meret schaute zu, wie ihre Eltern einen Schluck nahmen. Beide mit geschlossenen Augen, beide tief durchatmend, um Fassung bemüht.

„Berlin ist eine wunderbare Stadt, Schätzchen", sagte ihre Mutter, als sie das Glas wieder absetzte. „Besonders für junge Leute."

„Ich finde Köln auch wunderbar“, meinte Meret. „Aber darum geht es ja nicht ...“

Ihre Mutter schaute sie prüfend an. Meret wurde ein bisschen rot unter diesem forschenden Blick.

„Worum geht es dann?“

„Es geht um die Schule. Um meine Leistungskurse. Um meinen Deutschlehrer. Es geht darum, dass gerade eine Wahl zum Klassensprecher läuft und dass ich nominiert worden bin.“ Meret holte tief Luft. „Es geht um ein paar Dinge, die wir an der Schule ändern wollen. Ich hab nicht umsonst so lange geackert, dass nun andere die Früchte einheimsen dürfen.“

Einen Augenblick war es still.

Meret aß ihre Pizza zu Ende. Sie schaute auf, blickte in die Augen ihrer Mutter, groß und ruhig.

„Du kämpfst wie eine Löwin“, sagte ihre Mutter.

Meret lächelte, ein bisschen verwirrt. „Na und?“

„Früher“, sagte ihr Vater, „war dir die Schule doch immer ziemlich egal. Ich kann mich sehr gut erinnern, wie du immer auf die Schule geschimpft hast.“

Meret erwiderte trotzig den Blick ihres Vaters. „Dann hat sich das eben geändert.“

Ruth Baier ließ sich eine Woche krank schreiben, um ihr Knie behandeln zu lassen. Das Knie tat ihr seit Wochen permanent weh. Sie nutzte die Zeit, um ein paar Dinge im

Haushalt zu erledigen, die sie vernachlässigt hatte. Sie durchforstete Merets Kleiderschrank, ihren Schreibtisch, sah die Bettwäsche durch und legte alle Blusen auf einen Stapel, an denen entweder ein Knopf fehlte, ein Saum aufgerissen oder der Kragen verknittert war.

„Was machst du mit meinen Blusen?“, rief Meret. „Kramst du jetzt den ganzen Tag in meinen Sachen rum?“

Sie dachte an ihre Tagebücher und daran, dass ihre Mutter bestimmt darin geblättert hatte. Aber sie wagte nicht, danach zu fragen.

„Heute Nachmittag machen wir Nähstunde“, sagte ihre Mutter. „Ich hab das Gefühl, du weißt nicht einmal, wie man einen Knopf richtig annäht.“

Meret wusste es wirklich nicht, aber dieses Wissen hatte ihr auch nie gefehlt.

Einen Tag später hatte ihre Mutter die Idee, Merets Bücherregal zu putzen. „Wenn man über deine Bücher pustet, kommen Wolken von Staub hoch.“

„Mein Gott. Du atmest doch den Staub nicht ein!“ Meret saß mit ihrer Mutter in der Küche beim Mittagessen. „Es ist mein Staub, es ist mein Zimmer.“

„Okay, dann mach ich es alleine.“

Meret starrte ihre Mutter an. „Kannst du mein Zimmer nicht mal in Ruhe lassen? Es nervt mich, wenn ich mir vorstelle, dass du da ständig rumkramst.“

„Hast du Geheimnisse?“, fragte ihre Mutter sanft, und Meret bekam einen feuerroten Kopf.

Wenn ihre Mutter jeden Morgen nach Bonn zur Arbeit fuhr, hatte Meret ihren Tag nach Belieben eingeteilt. Sie hatte die Waschmaschine angestellt, wenn sie es für richtig hielt, hatte manchmal nachmittags eine Fernsehsendung angeschaut und dafür abends Schulaufgaben gemacht. Sie hatte oft Leute zu Besuch. Jeder bediente sich am Kühlschrank, jeder wusste, wo die Gläser und die Aschenbecher standen. Alle kannten sich mit der Fernbedienung des Fernsehers aus und mit ihrer Anlage. Es war immer ein offenes Haus gewesen. Aber in dieser Woche, als ihre Mutter krank geschrieben war, wagte Meret nicht, jemanden zu sich einzuladen. Sie flüchtete, so oft es ging, in die Villa Kunterbunt.

Ingo merkte als Erster, dass etwas mit ihr nicht in Ordnung war. Ingo war sozusagen ihr Sandkastenfreund. Mit Ingo war sie in die Volksschule gegangen, hatte den Freischwimmer gemacht und das Ferienlager auf Sylt besucht. Ingo war in Ordnung. Er war so etwas wie ihr Freund, aber auch ihr Bruder. Er konnte kommen und gehen, wie er wollte, er half ihr bei Mathe und sie ihm beim Deutschaufsatz. Sie gingen zusammen ins Kino, und auf Klassenfeten tanzten sie wie ein Liebespaar, obwohl sie nie ein richtiges Liebespaar gewesen waren.

Ingo hatte rote Stoppelhaare und dunkelbraune Augen. Ein Gesicht, das im Winter kalkweiß und im Sommer hummerrot war. Er hatte Sommersprossen auf den Handrücken und ganz viele rote Haare an den Beinen. Er hatte die Muskeln eines Athleten, weil er ein Jahr Boxtraining gemacht hatte. Und er konnte zaubern. Er konnte jonglieren. Mit vier und fünf Bällen, sogar, wenn er auf Rollerblades stand. Im Karneval ging Ingo immer als Clown. Und wenn in der Villa Kunterbunt eine Party lief, setzte er sich jedes Mal die rote Pappnase auf. Deshalb nannten ihn die meisten einfach nur *der Clown*.

„Hey“, sagte Ingo, als sie in der Villa Kunterbunt in den

schäbigen Sesseln hingen, die Beine auf den Lehnen und auf den Regen lauschend, der draußen gegen die Fenster prasselte. „Was ist eigentlich mit dir los?"

„Mir geht's nicht gut, das ist alles." Meret stand auf und trat ans Fenster.

„Und wieso geht's dir nicht gut?"

„Meine Eltern wollen nach Berlin ziehen."

„O geil. Berlin. Wahnsinn. Die Szene da ist einfach spitze."

Meret drehte sich um. „Die Szene von Berlin interessiert mich einen Dreck. Ich will hier bleiben."

Ingo schaute sie an. Ein bisschen fassungslos. „Früher wolltest du immer weg."

„Früher war früher", sagte Meret, nahm ihren Anorak und ging.

Jeden Tag wartete sie darauf, dass das Telefon klingelte und Schumi anrief. Jeden Tag betete sie darum, auf dem Weg von der Schule nach Hause, wenn sie vom Einkaufen, vom Sport oder aus der Villa Kunterbunt zurückkam, dass ihre Mutter die Tür aufmachte und sagen würde: „Dein Lehrer hat eben angerufen. Dieser Deutschlehrer."

Aber nie passierte so etwas.

Meret hatte jeden Tag Deutsch bei Schumi, sie warf ihm flehende Blicke zu, aber irgendwie hatte sie das Gefühl, dass er es vergessen hatte. Oder dass er nicht wollte.

Nachts lag sie grübelnd im Bett. Vielleicht findet er mich ja doch nicht so gut, dachte sie. Vielleicht ist es ihm ja egal, ob ich Schriftstellerin werden will oder nicht. Vielleicht hat er einfach keinen Bock, sich für die privaten Sorgen seiner Schülerin einzusetzen.

Alles lief überhaupt schief. Sie schrieb eine Fünf in Mathe, und ihre Eltern zogen die Stirn kraus.

„Eine neue Schule kann da Wunder wirken", sagte ihr Vater.

Meret stürmte wortlos aus dem Zimmer. Sie hörte noch, wie ihre Mutter bekümmert sagte: „Das Kind wird immer schwieriger."

Ihre Mutter fing an, ihre Schularbeiten durchzusehen. Sie ließ sich die letzten Klassenarbeiten zeigen. Etwas, das ihr früher nie in den Sinn gekommen wäre. Sie wollte, dass Meret wieder einen Stundenplan an den Küchenschrank klebte, etwas, das Meret auch seit zwei Jahren nicht mehr machte.

„Mami, ich bin kein Baby!", schrie Meret, als ihre Mutter ihr ein neues Federmäppchen auf den Schreibtisch legte.

„Das andere sieht so schaurig aus. Ganz verschmiert von den Kulis", sagte ihre Mutter.

„Aber ich liebe das Federmäppchen." Meret hatte das Gefühl, dass sie kurz davor war, durchzudrehen.

Und Dennis meldete sich nicht. Auf dem Schulhof entdeckte sie ihn immer erst, wenn es schon zur nächsten Stunde klingelte, und seine Freistunden lagen anders als ihre. Es war alles wie verhext.

Manchmal brach sie morgens, nach einer dieser Albtraumnächte, grundlos in Tränen aus. Und wenn ihre Mutter sie morgens im Bad überraschte, einfach in der Tür stehen blieb, während Meret sich die Zähne putzte, bekam Meret eine richtige Krise. Ihre Mutter brauchte nur irgendeine Bemerkung zu machen („Deine Strümpfe haben ein Loch. Wäschst du dir schon wieder die Haare?

Seit wann nimmst du denn einen Lidstrich?"), und Meret explodierte. Sie warf die Zahnbürste ins Waschbecken, riss das Handtuch vom Haken und stürzte aus dem Zimmer.

Ihre Mutter zuckte mit den Achseln und ging in die Küche, um ein gesundes, vitaminreiches Frühstück für die blasse Tochter zu richten. Es nervte, das ganze Leben nervte.

„Was ist mit deiner Anlage?"

Sie hatte Dennis dreimal morgens in der Straßenbahn verpasst. Das hatte sie auch dem Gesundheits-Frühstücks-Programm ihrer Mutter zu verdanken. Geraspelte Äpfel und Möhren und ausgepresster Sauerkrautsaft (Meret wurde schon übel bei dem Gedanken). Das dauerte natürlich alles so lange, dass sie immer gerade noch die Schlusslichter der Straßenbahn sah und sieben Minuten auf die nächste warten musste. Es steigerte ihren Hass, und ihre Stimmung wurde von Tag zu Tag schlechter.

„Meine Anlage gibt es nicht mehr", sagte Meret.

„Was?"

„Mein Vater hat sie genommen und irgendwie nicht zurückgebracht."

„Und wieso?"

„Vielleicht war Wasser reingekommen."

„Und du hast nicht gefragt?"

Meret schüttelte den Kopf.

„Und wieso nicht?"

„Weil ich nur das Nötigste mit ihnen rede."

Dennis schaute sie an. Er lächelte versuchsweise. „Wegen Berlin?"

Meret hob den Kopf. Ihre Augen füllten sich mit Tränen. Sie nickte.

„Wird es ernst?"

Meret nickte wieder. Sie schluckte. „Am Wochenende fahren sie hin, um eine Wohnung zu suchen."

„Oh", sagte er. „Das hört sich schlecht an."

Meret fuhr sich mit den Händen durch die Haare. Die Straßenbahn ging in die Kurve, und so wurde sie sanft gegen Dennis geschoben.

Er grinste. Sein Gesicht berührte ihre Haare. „Deine Haare kitzeln", murmelte er.

„Tut mir Leid", flüsterte Meret.

„Nein, muss dir nicht Leid tun. Ist doch schön. Sie sind so weich. Toll."

Und dann, am Freitagnachmittag, als Meret vom Einkaufen zurückkam, öffnete ihre Mutter die Tür, schaute Meret mit diesem fassungslos-misstrauischen Blick an und sagte: „Rate mal, wer eben hier war."

Merets Herz setzte aus. „Keine Ahnung."

„Herr Dr. Schumacher. Dein Deutschlehrer."

Meret ließ die Einkaufstüten fallen. Ihre Stimme versagte. „Und, was hat er gesagt?"

„Er hat gesagt", ihre Mutter holte tief Luft, „er hat gesagt, dass es sehr schade wäre, wenn du in diesem Stadium deiner Entwicklung die Schule wechseln würdest."

Ruth Baier hob die Einkaufstüten auf und trug sie in die Küche.

Meret folgte ihr wie ein Schaf, mit weit aufgerissenen Augen und nach Luft schnappend. „Und? Was hast du gesagt?"

Ihre Mutter drehte sich um. „Was soll ich dazu sagen? Dieser Dr. Schumacher scheint sehr viel von dir zu halten. Er hat mich beeindruckt."

„Mami!“ Meret fiel ihrer Mutter um den Hals.

Ihre Mutter lächelte matt. „Ich werde mit deinem Vater darüber reden. Auf dem Weg nach Berlin haben wir genug Zeit dazu.“

„Ich kann vielleicht hier bleiben?“

Ihre Mutter nahm die Milchtüte heraus und die Jogurtbecher und stellte alles gedankenverloren in eine Reihe auf den Küchentisch.

„Wenn du uns versprichst, dass wir uns keine Sorgen machen müssen.“

„Mami!“ Meret knutschte ihre Mutter, bis sie fast erstickte.

Sie tanzte mit ihr durch die Küche. Eine Milchtüte fiel um, zerplatzte aber glücklicherweise nicht.

Ihre Mutter lachte verlegen. „Ich hab noch nicht mit deinem Vater gesprochen. Freu dich nicht zu früh.“

„Papi findet doch sowieso gut, was du gut findest.“

Erschöpft ließ Ruth Baier sich schließlich auf einen Stuhl fallen.

„Ich weiß nicht, ob wir einen Fehler machen.“ Sie schaute Meret an. „Ich kenne niemanden, der seine sechzehnjährige Tochter zurücklässt.“

Meret küsste ihre Mutter wieder. Sie konnte das Strahlen kaum verbergen. „Ihr lasst mich doch nicht zurück! Es ist doch nicht für immer! Nur für jetzt!“

„Und wie lange ist jetzt?“, fragte ihre Mutter.

Meret gab ihr noch ein Kuss.

Es war Samstagnachmittag um sechs. Dennis und Meret saßen im *Café Größenwahn* und studierten die Wohnungsangebote.

Dennis löffelte den Schaum von seinem Cappuccino. Er strahlte. „Ich find das geil."

„Was?", fragte Meret, während sie mit dem Stift Mietangebote ankringelte.

„Na, dass du eine Bude suchst. Ich finde das absolut irre. Der Traum aller Schüler."

Meret hob die Schultern. Sie kringelte ein weiteres Angebot an.

„Wie teuer darf die Bude denn sein?"

„Keine Ahnung. So billig wie möglich natürlich. Meine Eltern sind schließlich keine Millionäre."

„Aber sie sparen in Berlin ein Zimmer. Dadurch wird die Berliner Wohnung billiger."

Meret schaute auf. Ein merkwürdiger Glanz kam in ihre Augen. „Das stimmt", sagte sie leise. „Das ist ein Argument."

„Und wann willst du dir die Wohnungen angucken?"

„Morgen." Meret schlürfte ihren Milchkaffee.

„Und was machst du mit dem angebrochenen Abend?"

Meret schaute auf. Ihre Blicke begegneten sich.

„Keine Ahnung." Meret zögerte. „Wenn du meine Bude mal sehen willst? Nach dem Hochwasser sieht sie nicht mehr so gemütlich aus. Nicht mehr so viel Chaos."

Dennis schüttelte den Kopf. „Ich kann nicht. Ich muss um acht im *Jablonski* sein."

„Was ist das?"

„Eine Diskothek in der Friedenallee. Ganz neuer Schuppen. Klein. Nichts Besonderes. Ein Kiddie-Schuppen. Ich soll die Platten auflegen. Techno und so 'n Kram." Er schaute sie an.

„Wenn du Lust hast, komm doch mit."

Meret kämpfte mit sich. Eine große Versuchung. Andererseits wusste sie genau, dass ihre Eltern anrufen würden, um zu testen, ob sie zu Hause war. Und in dieser Situation wollte sie gar nicht erst irgendwelche Irritationen aufkommen lassen.

„Ich gehe lieber nach Hause“, sagte sie.

Dennis grinste. „Klar, wenn du erst mal alleine hier bist, kannst du so viel Scheiß machen, wie du willst.“ Er beugte sich vor, stieß mit seiner Tasse gegen ihre Tasse. „Sturmfreie Bude. Weißt du überhaupt, was das bedeutet?“

„Sag es mir.“

Dennis schaute sie an, ganz lange. Seine Blicke versenkten sich in Merets Augen.

„Du weißt es genau“, sagte er leise, sich allmählich zurücklehnend. „Du weißt es genauso gut wie ich.“

Meret stand auf der Straße, der Wohnungsschlüssel baumelte in ihrer linken Hand. Sie stützte sich ein bisschen auf die Beifahrertür des blauen Opel, mit dem ihre Eltern gleich nach Berlin fahren würden. Der Opel war bis unters Dach mit Sachen voll gestopft. Es waren die letzten Reste aus ihrer alten Wohnung in der Talstraße 24, die jetzt vollkommen ausgeräumt, mit hellen, viereckigen Flecken an der Tapete, da wo früher Bilder gehangen hatten, wie ein hohler Zahn wirkte. Wie eine Ruine.

Meret hatte kein bisschen Trennungsschmerz gespürt,

als sie die Wohnung für immer hinter sich abschloss und den Schlüssel beim Hausmeister abgab.

„Und du kommst wirklich zurecht, Schätzchen?“, fragte ihre Mutter besorgt.

„Wirklich, Mami.“ Meret gab ihrer Mutter einen Kuss. Sie lachte unbekümmert. „Ihr müsst euch keine Sekunde Sorgen um mich machen. Echt nicht. Und übernächstes Wochenende bin ich ja sowieso bei euch zu Besuch.“

Rüdiger Baier nickte. „Zu Besuch. Wie das klingt.“

„Ich könnte heulen.“ Ruth Baier schaute ihre Tochter fassungslos an. „Ich weiß gar nicht, wie ich mich fühlen soll. Wie eine Rabenmutter?“

„Mami. Ich hab es doch so gewollt.“

„Ja“, knurrte Rüdiger Baier. „Und das ist das Schlimmste daran. Komm, Ruth, steig ein. Wir wollen den Abschiedsschmerz nicht künstlich hinauszögern. Steig ein.“

„Und du machst dir auch wirklich jeden Morgen ein gesundes Frühstück? So wie wir es in der letzten Zeit gemacht haben?“

Meret nickte. „Natürlich, Mami. Versprochen.“

„Sie wird tun, was sie für richtig hält, Liebling.“ Merets Vater wurde ungeduldig. „Je später wir abfahren, desto sicherer geraten wir in den Feierabendstau.“

Merets Mutter seufzte, nickte und stieg ein. Sie kurbelte das Fenster herunter. „Und geh immer schön früh schlafen, ja? Du brauchst viel Schlaf. Du bist wie ich.“

„Klar, Mami. Spätestens um elf bin ich im Bett.“

„Das ist viel zu spät!“

Energisch ergriff Merets Vater die Fensterkurbel und drehte das Fenster hoch. Er winkte. Ihre Mutter drückte einen Kuss gegen die Scheibe.

Meret lief noch ein paar Schritte hinter dem Auto her, sie winkte und lachte, und der Schlüssel in ihrer Hand blitzte in der Sonne.

Irgendwann bogen sie tatsächlich um die Ecke. Irgendwann waren sie tatsächlich auf dem Weg nach Berlin, und Meret konnte zum ersten Mal ganz allein ihre kleine Wohnung betreten. Konnte hinter sich zuschließen, zweimal den Schlüssel herumdrehen, konnte sich mitten auf den Boden setzen, im Lotussitz, und das einfach auf sich wirken lassen.

„Meine Wohnung", flüsterte Meret. „Meine eigene Wohnung. Das ist der Wahnsinn."

Die Wohnung bestand nur aus einem Zimmer, 20 qm groß, inklusive der Kochnische. Aus einem winzigen Flur, in den nichts passte außer zwei Garderobenhaken und einer großen Ablage für Mützen und Handschuhe und Schals. Und aus einem Badezimmer mit Dusche, Waschbecken und Klo. Weiß lackiert, ganz frisch, ganz neu. Auf dem Duschvorhang schwammen Delfine, das sah lustig aus, und ihre Mutter hatte ihr einen Stapel von den neuen hellblauen Handtüchern abgegeben, die sie gerade gekauft hatte. Die Handtücher lagen auf einem Glasbord, das ihr Vater in die Fliesenwand gedübelt hatte, daneben stand ein Parfümflakon, den Meret ihrer Mutter abgeluchst hatte. Es sah richtig edel aus.

Nun gut, sie hatte keine Badewanne. Sie liebte es, sich in der Badewanne zu rekeln. Aber darauf konnte sie notfalls verzichten. Eine Dusche war praktisch und lustig, und außerdem war das Bad einfach zu klein für eine Wanne. Wenn sie Strümpfe oder ihre Bodys waschen wollte, musste sie eine Wäschespinne in die Duschwanne stellen, das war okay, das hatte sie mit ihrer Mutter ausprobiert. Alles kein Problem.

Ihr Bett sah in der neuen Umgebung ganz anders aus. Sie würde sich irgendwann Kissen kaufen, indische Bezüge. Irgendwann, wenn sie wieder Geld hatte. Der Schreibtisch am Fenster, mit dem Blick auf ein altes, rotes Backsteinhaus mit Balkonen, die die Mieter offenbar als Speicher benutzten. Da standen Fahrräder, Umzugskartons, Flaschenbehälter, eingepackte Skier oder Surfbretter, Pflanzentöpfe, zusammengeklappte Liegestühle, sogar ausrangierte Waschmaschinen und Kühlschränke. Jeder Balkon war ein Stilleben. Jedes Fenster hatte eine andere Gardine, und abends, wenn die Leute ihre Lampen anknipsten, konnte man sehen, was sie da trieben. Das war lustig. Viel lustiger als auf einen Rhododendronbusch zu starren.

Unten brauste der Verkehr vorbei. Die Karlsstraße, in der sie jetzt wohnte, war vierspurig mit einer zusätzlichen Busspur in der Mitte. Morgens kam es regelmäßig zu Staus, wenn die Lastwagen die umliegenden Geschäfte belieferten. In ihrem Haus gab es unten ein Fischgeschäft und einen Optiker. Gegenüber war ein Sparladen, was Meret besonders praktisch fand. Daneben eine Kneipe, aber die machte einen etwas finsteren Eindruck. Die Typen, die da ein und aus gingen, gefielen ihr nicht besonders. Meret hatte sich vorgenommen, vor der Kneipe immer die Straßenseite zu wechseln. Wenn sie etwas hasste, waren das stinkende, betrunkene Männer, die versuchten Passanten anzumachen.

Susi erschien abends gegen acht. Sie brachte einen kleinen Kaktus mit.

„Den muss man nicht pflegen", sagte sie, während sie an Meret vorbei ins Zimmer ging und sich mit riesigen Augen umsah.

„Mann, das ist irre! Wirklich." Sie drehte sich um. „Wie 'ne sturmfreie Bude! Davon träumt man sonst doch nur."

„Setz dich." Meret strahlte wie ein Honigkuchenpferd. „Willst du Tee? Oder Kaffee? Oder was Kaltes?"

„Das hast du alles?"

Mit großer Gebärde öffnete Meret die Schranktüren. „Meine Mami ist ein Schatz. Die hat mich mit allem versorgt. Also, du kannst schwarzen Tee, Kamillentee oder Früchtetee haben. Oder Kaffee. Aber Kaffee hab ich nicht so viel. Den würde ich gern fürs Frühstück aufbewahren."

Susi ließ sich auf Merets Bett fallen. „Ich trink einfach nur Wasser. Wasser ist okay für mich."

Meret holte eine Flasche Mineralwasser aus dem Kühlschrank, nahm zwei Gläser vom Bord, und eine Packung Kekse. Sie ordnete die Kekse auf eine Untertasse, stellte alles aufs Tablett und kam damit zu Susi, die sich vom Bett auf den Sessel hatte fallen lassen.

Susi schaute Meret fasziniert an. „Was ist das für ein Gefühl?"

Meret strahlte. „Ganz ungeheuer. Ich kann es irgendwie gar nicht fassen."

Susi schaute sich in dem Zimmer alles genau an, während Meret die Kerze anzündete und einen geeigneten Platz für den kleinen Kugelkaktus suchte.

„Der Kaktus ist süß."

Susi nickte. Sie hatte den Kaktus längst vergessen. „Und heute Abend kannst du lesen, Musik hören, fernsehen, so lange du willst."

„Fernsehen kann ich nicht“, sagte Meret. „Meine Eltern waren dagegen, dass ich einen Fernseher bekomme. Sie sagen, das lenkt vom Lernen ab.“

„Stimmt. Aber schade ist es trotzdem.“

Meret hob die Schultern. „Ich finde es nicht wichtig. Ich lese viel lieber. Ich hab einen Haufen Bücher bei meinen Eltern abgestaubt.“ Sie stand auf und zeigte auf das Regal. „Hier. Das sind alles die Bücher, die ich noch nicht gelesen habe.“

„Du kannst hier jede Menge Partys feiern.“ Susi ging zur Wohnungstür, öffnete sie und horchte in den Flur. Der Flur war hässlich gelb gefliest, und die Treppe war mit einem schrecklichen Kunststoff belegt, der an den Seiten abgeblättert war. Das Geländer hätte seit Jahrzehnten gestrichen werden müssen, und es roch ein bisschen muffig. Aber nicht nach Fisch.

„Was wohnen sonst für Leute im Haus?“

„Keine Ahnung.“ Meret lachte. „Ich glaube, das sind alles berufstätige Singles. Man sieht nie jemanden.“

„Toll.“ Susi machte die Tür wieder zu. „Einfach irre. Du hast keine Ahnung, wie sehr ich dich beneide. Meine Eltern machen mich wahnsinnig mit ihren Kontrollen. Ich komm mir vor wie jemand, dem man einen Privatdetektiv auf den Hals gehetzt hat. Sie wollen alles wissen, alles sehen, immer gefragt werden. Einfach ätzend.“

Meret nickte. „Ich weiß, wie das ist. Ich hatte das bis heute auch.“

„Deine Eltern waren immer berufstätig. Du konntest wenigstens tagsüber machen, was du wolltest. Meine Mutter sitzt immer zu Hause. Kannst du dir das überhaupt vorstellen? Samstags ist es die Hölle. Da hocken meine

Eltern vor dem Fernseher und schauen sich irgendwelche blöden Quizsendungen an, und zwar so laut, dass ich sie bis in mein Zimmer höre."

„Okay." Meret holte tief Luft. „Dann mach ich Samstag eine Party. Einweihungsfete."

Susi ließ sich wieder aufs Bett fallen. „Das ist irre."

„Aber ich hab kein Geld. Das heißt, ich kriege Haushaltsgeld, aber das kann ich nicht für Partys ausgeben."

„Jeder Gast muss zahlen, ist doch klar. Nimm von jedem zehn Mark. Dafür kannst du Getränke und was zu essen kaufen. Das machen alle so. Das ist doch kein Problem. Das ist immer noch billiger als eine Kinokarte." Susi sah Meret an. „Und wen willst du alles einladen?"

Meret zählte ein paar Leute aus der Klasse auf. „Und Ingo natürlich."

„Und was ist mit Dennis?"

Meret wurde rot. „Was soll mit dem sein?"

„Lädst du den nicht ein?"

„Vielleicht." Meret lächelte verlegen. „Muss ich mir mal überlegen."

Susi grinste. „Bei Dennis musst du aufpassen."

„Wieso?" Meret versuchte ihre Stimme ganz ruhig klingen zu lassen.

„Über Dennis kursieren jede Menge Geschichten." Susi gähnte, reckte sich, stand auf und warf einen kurzen Blick auf ihre neue Swatch. „Ich muss los. Ich hab meiner Mutter versprochen, dass ich ihr beim Gardinenaufhängen helfe. Und dann kommt heute Abend noch Besuch." Sie verdrehte die Augen. „Der Chef meines Vaters. Deshalb ist seit Tagen schon Terror bei uns." Sie ging ins Bad, prüfte ihre Frisur im Spiegel. „Kann ich deinen Lippenstift mal kurz benutzen? Die Farbe ist irre."

„Klar."

Meret war Susi gefolgt. Sie lehnte an der Badezimmertür und schaute zu, wie Susi sich fürs Gardinenaufhängen schön machte.

„Es gibt Gänsebraten", sagte Susi. „Nach einem Rezept eines französischen Starkochs. Meine Mutter spinnt. Sie hat das noch nie ausprobiert. Sei froh, dass du das alles nicht mehr mitmachen musst. Eltern sind der totale Stress." Sie hob den Parfümflakon auf und studierte das Etikett. „Was ist das für eine Marke?"

„Amerikanisch", sagte Meret.

„Kann ich mal probieren?"

Meret nickte. Sie schaute zu, wie Susi allmählich ihr schön aufgeräumtes Bad durcheinander brachte, mit dem Handtuchzipfel den überschmierten Lippenstift abrieb und die Krümel ihres Kajalstiftes durch das Waschbecken schmierte.

Das muss ich alles wieder sauber machen, dachte sie. Aber sie behielt das lieber für sich.

Sie folgte Susi zur Tür. „Was für Geschichten kursieren über Dennis?"

Susi, die Hand an der Türklinke, drehte sich um. „Sag bloß, du kennst sie nicht?"

Meret schüttelte den Kopf.

„Es gibt ganz tolle Gerüchte, wirklich." Susi spähte in den Flur. „Hier riecht es echt nicht nach Fisch."

„Bleib mal beim Thema. Was weißt du denn über Dennis?"

„Dass er irre ist."

„Irre?“, fragte Meret verständnislos. „Was meinst du damit?“

„Ich weiß nicht. Er hat irgendwie keine Hemmungen. Ich meine, keine Moral.“ Susi lachte. „Ach, das ist Quatsch. Moral klingt blöde. Für ihn gibt es keine Tabus.“

Meret starrte Susi an. „Ich denke, du hast ihn immer so toll gefunden?“

„Hab ich auch.“

„Hattet ihr mal was zusammen?“

Susi schaute Meret an. Sie hob die Schultern. „Ich weiß nicht genau.“

„Wieso weißt du das nicht genau?“

„Ich hatte was mit ihm“, sagte Susi. „Aber ich weiß nicht, ob er auch was mit mir hatte. Bei ihm ist man da nie so sicher. Er steht immer irgendwie über dem Ganzen. Ich weiß gar nicht, ob er sich aus Mädchen überhaupt wirklich was macht.“

„Aber alle Mädchen sind verrückt nach ihm! Ich hab gehört, am Wochenende ist im Jugendclub die Hölle los, nur wegen ihm.“

„Klar“, sagte Susi. „Stimmt. Die Mädchen finden das alle irgendwie aufregend, dass er jede haben kann, dass er schon so viel Erfahrung hat. Dass er dabei so cool bleibt.“ Sie gab Meret einen Kuss. „Ciao, Baby. Bis morgen zur Ersten.“

Meret konnte nicht einschlafen. Sie wusste nicht genau, ob Angst oder Aufregung sie daran hinderte. Immer wieder knipste sie ihre kleine Nachttischlampe an, um sich in ihrem Zimmer umzusehen. Alles meins, dachte sie und lächelte. Alles ganz für mich allein.

Der Wasserhahn im Waschbecken tropfte, wenn man ihn nicht ganz fest zudrehte. So fest, dass man ihn praktisch nur noch mit der Kneifzange wieder aufbekam. Sie würde sich an dieses gleichmäßige, monotone Tropfen schon gewöhnen.

Der Straßenlärm war anders als früher. Die alte Straße war eine ruhige Straße gewesen, nicht gerade Villenlage, aber irgendwie bewohnt von Leuten, die ein bürgerliches Leben führten: Abends ab acht saßen die Familien vor dem Fernseher, und morgens ab sieben belebte sich das Viertel wieder, wenn man zur Arbeit oder zur Schule musste. Hier herrschte die ganze Nacht Betrieb. Das Schlagen von Wagentüren, Lachen, Schreie, Musikfetzen, wenn die Tür der Kneipe aufgestoßen wurde, und dann auf einmal Schritte auf der Treppe. Laute, dröhnende Schritte, wie von einem, der Metallkappen an den Schuhen hatte. Meret hörte, wie zwei Männer miteinander redeten. Laut und grob, und dann das hysterische Lachen einer Frau. Irgendwie verhandelten sie direkt vor Merets Wohnungstür. Sie bewegten sich einfach nicht weg.

Meret schlüpfte aus dem Bett und schlich zur Tür. Sie versuchte durch den Spion zu schauen, sah aber nichts als einen Berg aufgetürmter blonder Haare.

„Was ist“, sagte der eine Mann, „gibt es nun noch ein Bier, oder gibt es keins?“

Die Frau kicherte. „Eins für beide?“

„Wir wollen jeder eine Flasche“, sagte der andere Mann.

„O ja, und eine große direkt in den Hals.“ Beide Männer lachten, und dann hörte Meret, wie sie weiter nach oben gingen. Über ihrem Kopf begannen dann die polternden Schritte, das Trampeln, das Rücken von Möbeln, manchmal ein lauter Lacher oder eine dunkle, irgendwie grobe Stimme.

Meret lag mit weit aufgerissenen Augen im Bett und lauschte. Was das wohl für Leute waren? Ob die betrunken waren? Wem die Wohnung gehörte?

Ihre Mutter hatte sich noch erkundigen wollen nach den anderen Mietern, aber die Hausverwaltung, bei der sie die Wohnung gemietet hatten, sagte, das fiele unter den Datenschutz. Sie könnten nur versichern, dass es sich um sehr nette, angenehme, ruhige Mieter handelte.

Meret schloss die Augen. Sie presste das Kopfkissen gegen die Ohren, legte ihre Hände auf den heißen Bauch und versuchte an Dennis zu denken.

Morgen würde sie Dennis von ihrer neuen Wohnung erzählen. Sie würde ihn fragen, ob er zu ihrer Party kommen wollte. Sie würde ihn einladen, ihre Anlage richtig einzustellen. Die Bässe waren viel zu laut, aber ihr Vater hatte das nicht in den Griff gekriegt. „Sei froh, dass das Ding das Hochwasser überstanden hat", hatte er gesagt. „Sei froh, dass ich das Ding gerettet hab."

Meret wusste, dass Dennis ihren Eltern nicht gefallen würde. Ganz komisch. Sie hatte von Anfang an gedacht, dass es besser wäre, über Dennis kein Wort zu verlieren. Nur die Eltern nicht misstrauisch machen. Sie sollten denken, dass alles ganz ruhig war. Ganz in Ordnung. Ihre kleine Tochter, ihre süße, kleine Meret war immer noch so kindlich, so naiv. Die interessierte sich überhaupt nicht für Jungen und Sex und all diese Sachen, mit denen sich die Jugend beschäftigte.

Meret hatte gehört, wie ihre Mutter mal so über sie geredet hatte. Sie war feuerrot geworden.

Naiv! Wenn hier jemand naiv war, dann war es ihre Mutter. Die wusste ja gar nicht, was sechzehnjährige Mädchen heutzutage schon alles wissen.

O Mann. Meret lächelte bitter. Kindlich! Wie soll das wohl gehen, dachte sie, dass man kindlich bleibt, wenn sie auf der Schule mit Drogen dealen und wenn die Teresa in der Kunststunde haarklein erzählt, wie sie es mit dem Freund ihres Bruders im Bett der Eltern getrieben hat?

Überhaupt, dachte Meret, Teresa lade ich nicht ein. Die macht sich sonst sofort an Dennis ran. Und Dennis will ich für mich.

Das Poltern über ihr nahm bedrohliche Lautstärke an. Einmal hatte Meret das Gefühl, der Geschirrschrank da oben sei umgefallen. Aber im nächsten Augenblick war es ganz still. Und wenig später hörte sie Schritte im Flur. Offenbar gingen die Männer wieder weg. Sie hörte dunkles Gemurmel, als jemand an ihrer Tür vorbeiging. Dann schlug die Haustür krachend ins Schloss, und alles war ruhig.

Meret beunruhigte es ein bisschen, dass die Haustür jetzt nicht abgeschlossen war und jeder Betrunkene aus der Kneipe gegenüber einfach hereinkommen und gegen ihre Wohnungstür ballern konnte. Aber als es ganz lange still blieb, der Verkehr draußen immer weniger wurde und man auch keine Musikfetzen mehr hörte, beruhigte sie sich wieder.

Sie versuchte wieder an Dennis zu denken. Dennis arbeitete auch manchmal im Jugendclub als DJ. Der Jugendclub hatte einen ziemlich schlechten Ruf, seit in der Zeitung etwas gestanden hatte über die Sozialarbeiter, die jeden Abend vorbeischauten, um das Schlimmste zu verhüten. Meret hatte keine Ahnung, was für Sozialarbeiter das Schlimmste war, jedenfalls hatte ihre Mutter ihr daraufhin verboten, jemals in den Jugendclub zu gehen. Bis sie wusste, dass Dennis dort manchmal den DJ machte, hatte sie das auch nie interessiert.

Er trug immer diese heißen Boots, hochgeschnürt bis zum Knöchel, schwarz, und er stopfte die Jeans in die Socken, die natürlich auch schwarz waren. Das sah irgendwie ziemlich abgehoben aus. Niemand sonst machte so was.

Meret versuchte, sich zu erinnern, was Susi über ihn gesagt hatte. Er machte wilde Sachen mit Mädchen. Sie lächelte.

Das glaube ich nicht, dachte sie. Dennis tut höchstens so. Im Grunde seiner Seele ist Dennis bestimmt ein unheimlich romantischer und zärtlicher Junge. Wieso würde er sich sonst für mich interessieren? Ich bin doch keine coole, knallharte Rockerbraut. Ich bin ein Mädchen, das sich nach der großen Liebe sehnt. Das muss er gemerkt haben. Wofür sonst hätte ich mir alle Beine ausgerissen, um diese Bude zu bekommen? Wofür sonst habe ich meinen Eltern die heiligsten Versprechungen gemacht, die Schule betreffend, und ihnen geschworen, dass ich keinen Pfennig mehr ausgeben werde als früher? Und dass ich sie kein bisschen mehr kosten werde, trotz der Wohnung? Wofür sonst habe ich mich so angestrengt?

Alle Mädchen, die Meret kannte, dachten wie sie. Alle träumten von der großen Liebe, der ersten großen Liebe, die sowieso das Beste war, was einem Mädchen im Leben passieren konnte. So heiß und leidenschaftlich, so verrückt und fröhlich. Und alle Mädchen, die Meret kannte, würden alles, aber auch wirklich alles tun, um diese heiße erste Liebe bis ins Letzte auszukosten.

Sie legte ihre Hände auf den Busen.

Mein Busen ist zu klein, dachte sie. Ich muss mehr essen. Aber wenn ich mehr esse, kriege ich fette Oberschenkel, und das ist grässlich. Ich bin sowieso zu dick. Ich muss Teresa fragen, was man macht, um einen schönen Busen zu bekommen. Teresa weiß so etwas. Denn Teresa ist nicht kindlich. Und schon gar naiv.

Lächelnd schlief Meret schließlich ein.

„Ist das dein Fahrrad?" Eine verhärmte Hausmeisterin, mit Kopftuch um die schütteren, grauen Haare und einem Schrubber, der in einer eklig grau-braunen Brühe im Plastikeimer steckte, stand drohend unten im Hausflur.

Meret kam gerade die Treppen herunter. Sie musste sich beeilen, weil sie vor der ersten Stunde noch Dennis abfangen wollte. Sie konnte jetzt nicht mehr mit der Straßenbahn fahren, sie wohnte in einer anderen Gegend von Köln. Deshalb hatte ihre Mutter gemeint, sie solle doch morgens das Fahrrad nehmen und es im Hausflur abstellen, damit es nicht geklaut würde.

Obwohl Meret ein Zahlenschloss hatte und eine dicke Stahlkette, hatte sie Angst um ihr schönes Fahrrad.

„Ja", sagte Meret, während sie ihren Schulrucksack auf den Gepäckträger klemmte. „Das gehört mir." Sie lächelte die mürrische Hausmeisterin an. Lächeln war immer eine gute Waffe gegen die schlechte Laune von Erwachsenen.

Die Putzfrau stützte sich auf den Schrubber und musterte Meret. „Wer bist du überhaupt? Ich hab dich hier noch nie gesehen."

„Ich hab die Wohnung im zweiten Stock", sagte Meret.

Die Putzfrau runzelte die Stirn. „Welche Wohnung? Da ist doch gar keine frei."

„Doch. Ich bin Meret Baier."

„Ah." Die Augen der Putzfrau weiteten sich. „Das Ein-Zimmer-Appartement, da wo vorher der Herr Kruse drin gewohnt hat? Der mit dem Aquarium, das einmal ausgelaufen war?"

O Gott, dachte Meret. Schon wieder Wasser. Aber sie nickte tapfer. „Bestimmt. Wenn es nur ein Ein-Zimmer-Appartement auf dem Flur gibt."

„Es gibt drei. Und zwei Drei-Zimmer-Wohnungen. Aber da wohnen ältere Herrschaften, schon seit Ewigkeiten, solange ich hier putze. Das Fahrrad kann hier nicht stehen. Hier muss ich durchwischen können, ohne dass irgendwas im Weg steht."

„Okay." Meret schob das Fahrrad zur Tür. „Ich überleg mir was."

Die Putzfrau kam hinter ihr her. „Aber im Hof kann es auch nicht stehen!", rief sie. „Da parkt der Herr Bonartz immer seinen Caravan! Und mehr Platz ist nicht!"

Meret sah sich flüchtig um und lächelte. Sie stieg auf das Rad.

„Ich muss los, tut mir Leid", sagte sie. „Meine Schule fängt in einer halben Stunde an."

„Was?“ Die Frau starrte Meret an. „Du gehst noch zur Schule? Du bist Schülerin? Ja, wie alt bist du denn eigentlich?“

Meret überlegte kurz. Wenn sie jetzt sechzehn sagte, würde diese blöde Tussi wahrscheinlich einen Nervenzusammenbruch bekommen. „Ich werde bald achtzehn!“, rief sie und radelte schnell davon. Bald ist ein dehnbarer Begriff.

Die Hausmeisterin schaute ihr nach, auf den Schrubber gestützt.

Meret war außer Atem, als sie die Treppen in der Schule hochstürmte. Sie hatte wertvolle Zeit auf der Suche nach einem freien Fahrradständer verplempert, und dann war ihr auch noch Schumi begegnet. Natürlich hatte er sie angehalten. Natürlich musste sie stehen bleiben.

„Na?“, fragte Schumi freundlich. „Läuft alles nach Plan?“

„Ich bin gestern umgezogen“, sagte Meret. „Ich hab ein Ein-Zimmer-Appartement.“

„Donnerwetter. Das ging aber schnell.“ Schumi staunte.

„Bei mir geht alles schnell“, sagte Meret lachend. Sie wollte schon an ihm vorbei, aber Schumi hielt sie noch länger auf.

„Und an den Wochenenden fährst du jetzt immer zu deinen Eltern nach Berlin?“

„Meistens!“, rief Meret.

Schumi nickte. Er wirkte ein bisschen sorgenvoll. Diese Längsfalten bildeten sich wieder auf seiner Stirn. Genau diese besorgten Falten, die sich auch bildeten, wenn er schlechte Arbeiten zurückgab.

„Deine Eltern haben viel Vertrauen zu dir", sagte er.
Meret lachte. „Ja, haben sie. Aber können sie auch."

Vor Dennis' Klassentür blieb sie stehen. Dummerweise war die Tür zugefallen von der Zugluft, genau in dem Moment, als sie um die Ecke gebogen war. Sie wusste nicht, ob Dennis schon im Raum war oder ob er noch kommen würde. Es kam ihr ein bisschen lächerlich vor, hier vor seinem Klassenzimmer zu warten. Enttäuscht drehte sie sich um.

Genau in diesem Augenblick rief Dennis: „Hey, da ist sie ja!" Er rannte auf sie zu. Er trug ein Bündel Papierrollen unter dem Arm. Offenbar war er im Kartenzimmer gewesen.

„Ich hab dich gesucht wie eine Stecknadel im Heuhaufen. Ich war gestern bei euch in der Wohnung. Das heißt, in der Straße, aber da war nicht einmal ein Schild an der Tür. Du wohnst doch Talstraße 24?"

Meret schaute ihn an. Das Strahlen seiner Augen machte sie oft blind. Und das, obwohl er bestimmt wenig geschlafen hatte. Das heißt, wenn er überhaupt geschlafen hatte. Seine Kleider verströmten den Geruch von Bier und kaltem Tabak, und überhaupt sah er ein bisschen zerknautscht aus. Aber diese strahlenden Augen ...

„Was wolltest du denn?", fragte Meret.

„Na, was wollte ich wohl? Dich besuchen. Dich fragen, wieso man nichts von dir hört. Wieso du auf einmal untertauchst."

„Ich hatte megaviel zu tun", sagte Meret. Sie lächelte. Immer wenn sie mit Dennis redete, lächelte sie geradezu automatisch. Sie konnte gar nichts dagegen tun. Es machte sie glücklich, ihn einfach nur anzusehen.

„Ist das ein Grund, sich nicht um seine Freunde zu kümmern?“, rief Dennis.

„Ich bin umgezogen.“ Meret sah, dass Georgina um die Ecke bog.

Georgina war der Schrecken der Schule. Eine hundertjährige Mathelehrerin, die nicht einen Hauch von Spaß verstand und sich, wie alle sagten, nur mit Vitaminpillen am Leben erhielt, um die Schüler noch mehr zu ärgern.

„Umgezogen!“, schrie Dennis.

Meret dämpfte die Stimme. „Da kommt Georgina. Ich hab jetzt eine eigene Bude.“

Dennis' Augen wurden noch größer. Er hielt die Luft an. „Echt? Es hat geklappt? Es ist wahr geworden?“

Meret nickte.

Jetzt war Georgina nur noch ungefähr fünf Schritte von ihnen entfernt.

„Karlsstraße 186“, flüsterte Meret. „Kommst du mal vorbei?“

„Aber hallo. Aber klar. Wann denn?“

Dennis wandte sich um und versank in eine übertriebene Verbeugung, um Georgina Tantow zu begrüßen. „Guten Morgen, Frau Tantow.“ Leise, fast wispernd, sagte er zu Meret: „Heute um fünf? Ist das okay?“

Meret nickte. Ihr Herz raste. Sie lächelte Georgina Tantow zu und rannte einen Stock höher in ihre Klasse. Schumi war Gott sei Dank noch nicht da. Sie warf ihre Bücher auf den Tisch und suchte hektisch nach ihrem Kalender, als Susi plötzlich neben ihr auftauchte und fragte: „Na, wie schläft es sich in der eigenen Bude?“

„Einfach super", sagte Meret. Ihr Herz raste noch immer.

Dennis kommt um fünf, dachte sie.

Meret hatte sich vorgenommen, auf dem Nachhauseweg von der Schule im Supermarkt einzukaufen. Aber der war mittags zwischen 12 und 15 Uhr geschlossen. Und als sie zwischen den plakatierten Sonderangeboten für Schweinenacken und Leberwurst in den Laden spähte, beschloss sie, doch lieber auf dem Wochenmarkt oder in einem der kleinen türkischen Geschäfte im Viertel einzukaufen. Sie hasste diese Fleischtheken, in denen sich Berge von Schweinefleisch türmten, neben Stapeln schon aufgeschnittener Wurst. Alles in dem gleichen künstlichen Rosa, das irgendwie nur aus Nitrat bestand.

Als Meret, mit zwei baumelnden Plastiktüten am Lenkrad, schließlich vor der Haustür Nr. 186 hielt, fiel ihr die Geschichte mit dem Fahrrad ein. Sie schaute sich hilflos um. Wo, um Himmels willen, sollte sie ihr Fahrrad deponieren?

Sie schob das Rad durch die schmale Einfahrt in den Hof. Da standen zwei Müllcontainer, und neben dem Kellereingang gab es Stapel von Holzkisten mit norwegischer Beschriftung, auf denen Lachse abgebildet waren. Weiße Styroporkästen (vielleicht für die tiefgefrorenen Fische), aber der Zugang zum Keller war mit einer Eisenkette versperrt. Von der Teppichstange hing ein Futterhaus für Tauben, das völlig verdreckt war.

Während Meret den Hof inspizierte, wurde ein Fenster im Erdgeschoss aufgestoßen. Ein Mann mit dickem, rotem Gesicht, ungefähr fünfzig, und aufgekrempeltem, weiß-blau gestreiftem Hemd, beugte sich über das Fensterbrett. „Willst du etwa dein Fahrrad hier abstellen?“, rief er.

Meret schüttelte hilflos den Kopf. „Hier ist wohl kein Platz.“

„Nein. Denn hier steht mein Caravan. Damit muss ich morgens um vier auf den Fischmarkt. Und wenn die Durchfahrt zugeparkt ist, klingel ich alle Leute aus dem Bett, das ist mir gleich. Zur Fischauktion kann ich nicht zu spät kommen.“

Meret nickte. Sie lächelte immer noch schüchtern. „Und was ist mit dem Keller?“

„Den habe ich gemietet. Und zwar habe ich einen Vertrag mit der Hausverwaltung. Solange dieses Fischgeschäft besteht, gibt es für die Mieter keine Möglichkeit, Kellerräume zu beanspruchen. Ich brauche den Platz.“

„Klar“, murmelte Meret.

Der Mann wurde etwas freundlicher, als er merkte, dass Meret ihn nicht ärgern wollte. „Du wohnst jetzt hier, stimmt das? Ich hab so was läuten hören.“

„Ich heiße Meret Baier“, sagte Meret. „Meine Eltern haben für mich die Ein-Zimmer-Wohnung im zweiten Stock gemietet.“

„Musst du reiche Eltern haben“, sagte der Fischhändler.

Darauf fiel Meret keine schlagfertige Antwort ein.

„Magst du gerne Fisch?“

Meret holte tief Luft. „Kommt drauf an“, sagte sie. „Heringe zum Beispiel mag ich nicht.“

„Na ja, außer Heringen gibt es ja noch ein paar andere Fische. Wir haben morgens ab acht frische Lachsbrötchen. Wenn du was für die Schule brauchst.“

Meret lächelte. „Danke", sagte sie. „Sehr nett."

„Kosten 2,50 das Stück!", rief der Fischhändler ihr hinterher.

Meret musste noch an die Lachsbrötchen denken, als sie ihr Fahrrad an den Lichtmast auf der gegenüberliegenden Straßenseite kettete.

Was die in der Schule wohl denken würden, wenn ich mit einem Lachsbrötchen in der großen Pause über den Hof marschiere. Die würden sagen, jetzt ist die Meret völlig abgehoben.

Meret trug ihre Tüten und den Rucksack in den zweiten Stock. Auf der Fußmatte vor ihrer Wohnungstür lag ein Brief.

Stirnrunzelnd hob sie ihn auf. Er hatte weder eine Anrede noch einen Absender. Sie schloss die Tür auf, ließ ihre Sachen im Flur fallen und nahm aus der Schublade ein Messer, um den Umschlag aufzuschlitzen.

Sehr geehrtes Fräulein Baier,

wir möchten Sie in diesem Schreiben auf die Hausordnung aufmerksam machen, die unter allen Umständen von jedem Bewohner befolgt werden muss.

1. *Im Flur dürfen weder Kinderwagen noch Dreiräder noch Fahrräder abgestellt werden.*
2. *Der Platz vor der Wohnungstür soll kein Sammelplatz für leere Bierkisten, alte Zeitungen etc. sein.*
3. *Ab 22 Uhr darf Musik nur noch in Zimmerlautstärke gehört werden.*
4. *Der Müll muss getrennt werden. Eine Biotonne für Gemüseabfall wird in diesem Monat aufgestellt.*

5. *Beschädigungen im Flurbereich müssen von den verursachenden Mietern beseitigt werden.*
6. *Die Mieter haften auch für Beschädigungen, die von ihren Besuchern verursacht wurden.*

Mit freundlichen Grüßen
Die Hausverwaltung

Meret legte den Brief auf den kleinen Küchentisch zwischen Fenster und Spüle.

Wahnsinnig netter Brief, dachte sie grimmig. Statt mit irgendeinem netten Satz zu beginnen, kommen gleich die Forderungen. Nach dem Motto: Sei froh, dass wir dich überhaupt hier wohnen lassen.

Sie kippte den Inhalt der Plastiktüten auf den Tisch und räumte dann die Sachen in den Minikühlschrank und in die Schränke. Sie wollte sich an diesem Mittag nur ein Spiegelei braten und dazu eine Scheibe Toast essen.

Meret hatte richtig gute Laune, während sie sich ihr Mittagessen zubereitete, im Rundfunk eine blöde Quiz-Show verfolgte und draußen auf dem Fenstersims die Tauben nervös hin und her trippelten.

Meine Wohnung, dachte sie. Das ist meine Wohnung. Und um fünf kommt Dennis.

Schon um halb fünf saß sie sprungbereit in ihrem Sessel. Sie hatte die frisch gewaschene Jeans angezogen, eine frisch gewaschene Bluse (noch von ihrer Mutter gebügelt), die Haare hatte sie aufgedreht und jetzt mit zwei Schmuck-Kämmchen über den Schläfen nach hinten gesteckt. Meret musste immer wieder ins Bad gehen, um die neue Frisur zu mustern.

Ihre Wangenknochen waren zu breit. Wirkte ihr Gesicht dadurch nicht ein bisschen pfannkuchenmäßig? Sie holte den kleinen Taschenspiegel und betrachtete ihr Profil. Das Profil, dachte sie, ist eigentlich ganz okay.

Sie hatte sich die Lippen ein bisschen geschminkt und die Wimpern getuscht. Das Teewasser war aufgesetzt, in der Teekanne lag bereits das mit Orangen- und Vanilletee gefüllte Tee-Ei. Zwei Tassen standen auf dem Tisch, daneben die leckeren Kekse, die sie in der Bäckerei eingekauft hatte.

Um zwanzig vor fünf begann Meret im Biobuch zu lesen, aber sie konnte sich auf keinen einzigen Satz konzentrieren. Sie warf das Buch hin, schaute auf die Uhr, stand auf und schaute aus dem Fenster.

Ein Möbelwagen parkte auf der Straße, ein Autofahrer hupte nervös und versuchte, an dem Wagen vorbeizukommen. Ein zweiter Wagen näherte sich, und das Hupkonzert wurde lauter.

Meret lehnte sich mit der Stirn ans Fenster. Sie fand es toll, dass immer was los war. Eine verschleierte Frau zerrte ihre zwei kleinen Kinder hinter sich her. Ein Mann lehnte an der Hauswand und blätterte lässig in der Zeitung. Im gegenüberliegenden Haus war ein Fenster weit geöffnet. Eine Mutter stillte ihr Baby und schaute dabei nach unten.

Der Fahrer des Lieferwagens stürmte aus dem Haus, zeigte dem Autofahrer einen Vogel, setzte sich hinter das Steuer und fuhr weg.

Jetzt konnte Meret ihr Fahrrad wieder sehen.

Sie riss die Augen auf. Sie starrte auf das Fahrrad. „Scheiße!", rief sie. „Das darf nicht wahr sein!"

Sie stürmte aus ihrer Wohnung, warf die Tür hinter sich zu und hastete die Treppen hinunter. Beinahe wurde sie beim Überqueren der Straße von einem verrückten Mopedfahrer angefahren, der auf dem Rücksitz einen Kasten transportierte, in dem mindestens ein lebender Puma saß.

„Pass doch auf!“, schrie der Fahrer.

„Pass selber auf!“, schrie Meret zurück.

Sie rannte zu ihrem Rad. Sie ging vor dem Rad in die Knie, die Hände an die Schläfen gepresst. Das Vorderrad war nicht mehr da. Die Felge, die Speichen, das ganze Rad war einfach weg!

Meret schaute die Straße hinunter. Sie konnte es nicht fassen. Wann war das passiert? Wer verdammt noch mal war so dreist, am helllichten Tag auf einer belebten Straße von einem Fahrrad das Vorderrad abzumontieren?

Der Mann, der so lässig in der Zeitung geblättert hatte, legte die Zeitung zusammen und schlenderte gemächlich auf sie zu.

Meret war kreidebleich. Tränen der Wut und der Verzweiflung standen in ihren Augen.

„Irgendwas nicht in Ordnung mit dir?“, fragte der Mann.

Meret schaute auf. „Mein Rad“, flüsterte sie tonlos, „jemand hat den Vorderreifen geklaut.“

„Ah“, sagte der Mann. Er stopfte die Zeitung in die Jackentasche und schaute sich die Sache an. „Wann hast du das Rad hier angekettet?“

„Heute Mittag.“

„Wie viel Uhr?“

„Ungefähr halb zwei“, schluchzte Meret. Ihr war plötzlich klar, dass sie am nächsten Tag zu Fuß zur Schule musste. Das bedeutete, eine halbe Stunde früher losgehen. Außerdem bedeutete es, dass sie ihren Eltern schon die erste Katastrophenmeldung unterbreiten musste.

„Und was hast du dir dabei gedacht?“, fragte der Mann.

Meret runzelte die Stirn. „Wieso gedacht?“

„Wo wohnst du denn?“

„Da drüben.“ Meret zeigte auf den Hauseingang.

„Und wieso parkst du dein Fahrrad dann auf dieser Seite?“

„Weil hier der Lichtmast ist und weil ich das Fahrrad nicht bei uns im Hof oder im Hausflur parken darf.“

„Und ist das vielleicht mein Problem?“, fragte der Mann.

Meret starrte ihn an. Sie verstand überhaupt nichts mehr.

„Dieser Lichtmast“, sagte der Mann, „ist seit genau drei Jahren der Parkplatz für meine Harley.“ Er streckte die offene Handfläche Meret entgegen. „Nimm deinen Schlüssel, schließ das Rad auf, und ich geb dir dein Vorderrad zurück.“

Meret konnte es nicht fassen. „Deswegen haben Sie mein Vorderrad geklaut?“

„Nicht geklaut. Nur in Verwahrung genommen. Ich wollte dich erwischen. Ich wollte wissen, wer meinen Parkplatz okkupiert, und das ein für allemal unterbinden. Also was ist, schließt du das Fahrrad auf?“

Meret nickte. Sie war völlig fassungslos. Was bildete dieser Typ sich ein! Als wenn irgendein Lichtmast an irgendeiner Straße einem Menschen gehören würde!

Das sind öffentliche Straßen, dachte sie, und öffentliche Lichtmasten.

Als sie gerade zu einer kleinen Rede anheben wollte, trat ein Mann aus dem Haus. Er hatte sehr breite Schultern, und er kaute auf einem sehr ekligen Zahnstocher herum und betrachtete dabei seine Hände, die groß wie Baseballschläger waren.

„Na, haste sie, Schorsch?“, fragte er, Meret mit einem Blick seiner triefenden Augen musternd.

„Ich hab sie. Reg dich nicht auf“, sagte der Mann mit der Zeitung.

Meret konnte vor Aufregung den Schlüsselbund nicht aus ihrer Jeanstasche fischen. Die beiden Männer standen, die Hände lässig vor dem Bauch verschränkt, da und schauten zu.

Als Meret das Zahlenschloss geöffnet hatte, schaute sie auf. „Und mein Reifen?“, fragte sie.

„Kommt“, sagte der Mann und machte dem Rotgesichtigen ein Zeichen. Der verschwand und erschien eine Minute später mit dem Rad. Er rollte es lässig über den Bürgersteig und ließ es einfach fallen.

Meret wartete. Aber nichts passierte. Schließlich fragte sie, allen Mut zusammennehmend: „Und wer setzt es wieder ein?“

Der Mann mit der Zeitung schaute den mit dem roten Gesicht an. Er grinste. Er wiederholte Merets Frage: „Wer setzt es wieder ein, Hannes?“

„Keine Ahnung, Schorsch“, sagte der mit dem roten Gesicht, gab Schorsch einen Klaps auf die Schulter und trottete ins Haus zurück.

„Hast du gehört?“, fragte der Mann mit der Zeitung.

Meret nickte. Sie hatte die Nase voll. Es war ja völlig sinnlos, sich mit den Typen anzulegen. Sie nahm mit einer Hand das Vorderrad, mit der anderen hob sie den Rahmen hoch und balancierte so vorsichtig zwischen den parkenden Autos hindurch.

Der Mann schaute ihr nach.

Irgendwann langweilte ihn die Sache wohl, da nahm er die Zeitung und stopfte sie in einen Papierkorb und schlenderte ins Haus.

Wahrscheinlich gehört dir der Papierkorb auch, du Idiot, dachte Meret.

Sie kochte vor Wut. Ihr war in diesem Augenblick eingefallen, dass sie überhaupt kein Werkzeug hatte, um den Reifen wieder richtig einzupassen. Sie setzte sich auf die Türschwelle, das zergelegte Rad neben sich und wartete. Es war drei Minuten vor fünf. Irgendwie hatte sie sich den ersten Besuch von Dennis in ihrer eigenen Bude anders vorgestellt.

„Hey“, sagte Dennis verblüfft. „Hast du geheult? Was ist los, Cinderella?“

Meret versuchte zu lächeln, aber es fiel ihr schwer. Sie kam sich so bescheuert vor.

„Was sitzt du hier in der Kälte? Hast du keinen Pulli oder Anorak oder so was? Willst du dir den Tod holen?“

Meret lächelte. „Du redest wie meine Mutter.“

„Sag lieber wie dein Vater. Hey, ist das dein Rad gewesen?“

„Gewesen ist gut."

Während Dennis den Vorderreifen betrachtete, erzählte Meret ihm die Story.

„Ich fass es nicht", stöhnte Dennis. „Und das hast du dir gefallen lassen? Wie heißt der Kerl? Wo wohnt er? Willst du, dass ich ihm den Marsch blase?"

„Ich möchte viel lieber, dass du mir den Reifen wieder einsetzt. Ich habe nämlich kein Werkzeug. Das ist alles bei meinen Eltern in den Umzugskisten, in Berlin."

„Zum Einsetzen eines Vorderreifens, Cinderella, braucht man auch keine Zange. Jedenfalls nicht bei diesem Modell. Da braucht man nur ein bisschen geschickte Mechaniker-Finger."

Dennis legte seine Hände an ihren Hals. Seine Hände waren warm, ihr Hals eiskalt. „Na, was sagst du?"

Meret lächelte. Seit Dennis da war, ging es ihr drei Klassen besser. Sie war kurz davor gewesen, ihre Verzweiflung in Angst zu verwandeln. In Panik.

Irgendetwas an dieser Straße regte sie plötzlich auf. Der blöde Supermarkt mit den Schweinenacken, der Fischmann mit den Lachsbrötchen, die Autofahrer, die immerzu hektisch und gereizt hupten, wenn sie nicht schnell genug vorankamen.

Sie blieb auf der Steintreppe sitzen, die Hände zwischen den Knien, während Dennis das Vorderrad einsetzte. Er machte das wirklich toll. Zum Schluss ließ er das Rad sausen, dass die Speichen funkelten. „Gut in Schuss, das alte Ding", sagte er anerkennend. „Wer hat das geputzt? Du etwa?"

Meret schüttelte den Kopf. „War ein Liebesdienst von meinem Vater."

Dennis starrte sie an. „Solche Eltern hast du? Wieso hab ich die nie zu Gesicht bekommen? Mein Vater würde eher das Bahnhofsklo putzen als mein Fahrrad. Er würde sagen, das sei meine verdammte Pflicht, mich selber drum zu kümmern."

„Mein Vater ist eben anders." Merets Stimme wurde fast wehmütig, als sie das sagte.

Dennis schien es auch zu bemerken. Er musterte sie kritisch. „Und die Tränen, Cinderella? Schon Sehnsucht nach Mami und Papi?"

„Wieso nennst du mich immer Cinderella!", rief Meret empört. „Außerdem hab ich überhaupt keine Sehnsucht nach denen. Willst du mit reinkommen?"

Dennis hob seine ölverschmierten Hände. „Ich dachte, deshalb bin ich gekommen, oder? Oder hast du noch andere Jobs für mich auf Lager?"

„Ja", sagte Meret. „Ich muss das Rad mit in die Wohnung nehmen."

„Echt?"

Meret erzählte die Geschichte von der Hausmeisterin und dem Gespräch im Hof.

Dennis lachte. Er konnte sich kaum noch halten vor Lachen.

„Mann, das ist ja eine Superwohnung! Mit superbekloppten Leuten!" Er schaute zum Fischgeschäft und dann an der Fassade hoch. „Haben die alle eine Klatsche, oder was?"

„Psssst." Erschrocken legte Meret ihre Finger auf seine Lippen.

„Nicht so laut. Sonst krieg ich noch mehr Ärger."

Also schulterte Dennis das Fahrrad und trug es die zwei

Stockwerke zu ihrer Wohnung hoch. Sie schoben es durch die Wohnungstür, das Rad war länger als der Flur.

„Und jetzt?“, fragte Dennis.

Meret sah sich ratlos um. „Ich weiß nicht. Passt nicht in den Flur.“

„Nur wenn es halb im Bad steht.“ Dennis verrenkte sich den Hals. „Das ist doch das Bad, oder beginnt da erst der Palast?“

Sie schafften es, das Rad irgendwie in die Wohnung zu manövrieren, dass sie auch noch die Tür zumachen und das Waschbecken und das Klo erreichen konnten. Aber die Wohnung war nicht mehr das, was sie vorher gewesen war.

Enttäuscht und erschöpft ließ Meret sich auf ihren Sessel fallen.

„Sie gefällt dir nicht“, sagte sie hilflos.

„Wieso gefällt sie mir nicht? Sie ist spitze!“ Dennis ging zum Fenster, schaute hinunter, öffnete den Minikühlschrank und die Schränke und ließ sich schließlich auf Merets Bett fallen. „Ist doch Klasse. Absolut sturmfrei. Wer hat alles einen Schlüssel?“

„Nur meine Eltern und ich.“

Dennis schaute sie an. „Na, das ist doch dufte. Wenn ich bedenke, dass meine Eltern zu jeder unpassenden Zeit einfach in mein Zimmer kommen – und dann auch noch ohne anzuklopfen.“

Er verdrehte die Augen.

„Meine Eltern genauso“, sagte Meret. „Willst du vielleicht einen Tee?“

Dennis grinste. „Hast du Tee gesagt?“

Meret nickte. Sie hielt den Teekessel schon in der Hand.

„Irgendetwas Härteres", fragte Dennis, „hast du wohl nicht?"

Meret schüttelte den Kopf. Sie ärgerte sich, dass sie kein Bier gekauft hatte. Für einen Augenblick hatte sie es überlegt, aber dann doch davon Abstand genommen.

„O Mann", stöhnte Dennis, „eine sturmfreie Bude und kein Sprit im Haus. Was ist, wenn ich schnell was hole?"

„Was denn?", fragte Meret unsicher.

„Na, irgendwas." Dennis kramte in seinen Hosentaschen und brachte unter Mühen ein Markstück und einen Fünfziger zum Vorschein. „Bisschen knapp. Bin zur Zeit schlecht bei Kasse."

„Ich denk, du verdienst so viel als DJ?"

„Das spar ich für ein neues Rad." Er stand auf. „Wenn du ein paar Mark drauflegen könntest, besorg ich uns was Gutes. Magst du Martini oder so was?"

Meret hob die Schultern. Sie hatte manchmal Campari mit Orange getrunken, das hatte ziemlich gut geschmeckt.

„Lieber Campari", sagte sie. „Oder ist der teuer?"

„Ganz billig. Mit einem Zehner bist du dabei."

Sie hatte tatsächlich einen Zehnmarkschein. Ein bisschen zögernd legte sie ihn in Dennis' Handfläche.

„Ich hab dir auch dein Rad repariert", sagte er. „Cinderella, ist doch Klasse. Ist dein Haushaltsgeld. Du kannst damit doch machen, was du willst."

„Aber ich muss vier Wochen damit auskommen."

Dennis nahm den Zehnmarkschein zwischen die Fingerspitzen und ließ ihn knistern. „Mit zehn Mark?"

Meret lächelte. Sie schüttelte den Kopf. Dennis warf ihr eine Kusshand zu und verschwand.

Zehn Minuten später war er wieder da. Mit einer Flasche Campari und einer Flasche Orangensaft. Er stellte beides großspurig auf den Tisch, rieb die Hände und sagte: „Das sieht doch ganz anders aus. Sollen wir die peinlichen Teetassen erst wegräumen?"

Dennis hatte ihre Anlage angesteuert, und jetzt hockten sie auf dem Bett, alle greifbaren Kissen im Rücken, und hörten *Take That*. Dennis trank seinen dritten Campari-Orange, er hatte die Augen geschlossen und bewegte den Kopf im Rhythmus der Musik.

Meret konnte ihre Augen nicht von seinen Boots wenden. Die waren lehmverschmiert. Der Lehm war schon richtig eingezogen, aber er war nicht auf die Idee gekommen, sie auszuziehen, bevor er sich auf ihr Bett geworfen hatte. Dabei war die Tagesdecke gerade frisch aus der Reinigung. Ihre Mutter hatte wirklich an alles gedacht. Meret sah schon die ersten Spuren.

Sie kam sich selber bescheuert vor. Wieso regte sie sich auf, das war doch gerade das Gute, dass jetzt keiner mehr reinkommen konnte und rufen: „Nehmt die Schuhe von der Decke!" Das war es doch gerade.

Dennis rauchte seine fünfte Zigarette. Er rauchte filterlose, und davon waren seine Finger ziemlich gelb. Er schien irgendwie stolz auf seine gelben Finger zu sein. Er hatte seine Fingernägel extralang wachsen lassen, um damit Aufmerksamkeit zu erregen. Seine Haut roch nach Tabak. Das hatte sie immer toll gefunden, irgendwie männlich. Vielleicht nur deshalb, weil in ihrer Familie nie einer rauchte und ihre Mutter geradezu hysterisch wurde bei Zigarettenqualm. Früher hatte Meret stundenlang in der kalten Zugluft sitzen müssen, wenn ihre Freunde gegangen waren, nur damit das Zimmer frisch und gut gelüftet roch, wenn ihre Mutter nach Hause kam. Jetzt war das nicht mehr nötig. Wenn sie Lust hatte, konnte sie das Zimmer so vollnebeln, dass man die gegenüberliegende Wand nicht mehr sah.

Dennis wandte ein bisschen den Kopf und schaute sie an. Er musterte sie ruhig, ohne Verlegenheit. „Was ich nicht kapiere", sagte er, „wieso du unsere Schule so gut findest, dass du nicht aus Köln wegwolltest."

Meret nippte an ihrem Glas. Ohne Eis schmeckte es irgendwie streng, aber Eis hatte sie nicht.

„Es war ja nicht nur die Schule", sagte sie.

„Was denn noch?"

„Ich weiß nicht, alles." Sie hob die Schultern. Sie wiegte den Kopf. „Ich fand die Vorstellung so klasse, dass man auf einmal sein eigener Herr ist."

„Seine eigene Herrin", korrigierte Dennis.

Meret lachte. „Okay. Außerdem hast du auch gesagt, es wäre blöd, wenn ich wegziehe, ausgerechnet in einem Moment, wo wir ..." Sie stockte.

Dennis nahm einen tiefen Schluck aus dem Glas und beugte sich vor, um die Zigarettenkippe im Aschenbecher auszudrücken. „Wo wir was?"

„Ach ..." Meret spürte, dass sie rot wurde. „Ich weiß nicht. Ich hab's vergessen, was wir gesagt haben. Ist nicht so wichtig, oder?"

Dennis stellte sein Glas ab. Er rollte sich halb auf die Seite, und dabei fiel sein Blick auf die Stiefel.

„Scheiße." Er sprang auf. „Die sind ja saudreckig." Er schaute Meret erschrocken an. „Entschuldige, du. Ich hab überhaupt nicht daran gedacht. Ich bin vorhin durch so eine miese Baustelle gekommen ... alles voller Lehm ... eklig. Ich wollte sie doch ausziehen ..." Er bückte sich und löste die Schuhbänder. „Ich hab alles eingesaut."

Meret lächelte. Sie war richtig gerührt, dass Dennis es bemerkte.

„Macht doch nichts. Tritt sich fest."

Dennis streifte die Stiefel ab. Er winkelte das Bein an und roch an seinen Füßen. Er strahlte. „Stinken nicht. Ich hab keine Schweißfüße." Er stellte die Stiefel ordentlich in den Flur und kam zu ihr zurück. „Stimmt das, dass du später Schriftstellerin oder Journalistin oder so was werden willst?"

„Wer hat das gesagt?"

„Tut nichts zur Sache. Stimmt es, oder stimmt es nicht?"

„Es stimmt." Meret lachte. „Aber ich weiß natürlich nicht, ob es klappt. Schumi sagt, es könnte vielleicht klappen. Er gibt mir für Aufsätze und Interpretationen und so immer eine Eins. Dabei mach ich jede Menge Grammatikfehler."

„Grammatik ist nicht alles. Grammatik ist eine Pflicht, Aufsätze sind die Kür." Dennis' Blicke schweiften über die Bücherrücken im Regal.

„Verdammt viele Bücher für eine Frau deines Alters. Wie viel sind es?"

„Ich hab sie nicht gezählt. Manche gehören nicht mir. Ich hab sie mir von meinen Eltern geborgt."

Dennis ließ sich wieder aufs Bett fallen. Er schaute sie an. „Du bist irgendwie anders", stellte er fest.

Meret wurde rot. „Anders? Wieso anders?"

„Ich weiß nicht. Krieg ich aber raus." Dennis fingerte eine neue Zigarette aus seiner Schachtel. Er steckte sie zwischen die Lippen, zündete sie aber nicht an.

„Ich finde, ich bin genau wie alle anderen", sagte Meret, um das Gespräch in Gang zu halten.

„Und zwar wie genau?"

Meret verdrehte die Augen. „Weiß nicht. Irgendwie ein bisschen kitschig-romantisch. Bei Liebesfilmen im Kino, wenn sie traurig werden, muss ich immer weinen."

Dennis lachte. „Du hast eben Fantasie. Ich würde auch gern in den neuen Film mit Andie MacDowell gehen, aber ich bin pleite."

Für einen Augenblick stellte Meret sich vor, wie es wäre, mit Dennis in die Kino-Spätvorstellung zu gehen. Die fing erst um elf Uhr abends an. Niemals im Leben würden ihre Eltern ihr erlauben, so spät ins Kino zu gehen. Aber jetzt? Wo keiner sie kontrollierte?

„Vielleicht lad ich dich mal ein", sagte Meret so gleichgültig wie möglich. „In die Spätvorstellung oder so."

„O Klasse!" Dennis nahm die Zigarette aus dem Mund. Er legte sie auf den Aschenbecherrand und rutschte etwas näher zu ihr hin. „Wie heißt eigentlich der Typ, mit dem du gerade zusammen bist?"

„Ich bin mit keinem Typen zusammen."

„Doch. In der Villa Kunterbunt, der Rothaarige mit den Sommersprossen. Ich weiß das genau."

„Meinst du Ingo?"

„Genau. Ingo heißt der Typ."

„Mit Ingo ist nichts. Er ist mein Freund."

„Sag ich doch."

„Ja, aber ich meine, ein richtiger Freund. Ich bin nicht in ihn verliebt oder so was."

„Warst du mal in ihn verliebt?"

„Weiß ich nicht mehr."

„Hast du mit ihm geschlafen?"

Meret wurde rot. Sie spürte, wie ihr Gesicht irgendwie merkwürdig zuckte, ohne dass sie etwas dagegen unternehmen konnte. Eine peinliche Frage. Eine richtig peinliche Frage.

Schließlich schüttelte sie den Kopf.

Dennis richtete sich auf. „Kein bisschen?", fragte er ungläubig.

„Nein." Meret öffnete die Augen weit und begegnete ruhig seinem Blick. Sie war stolz darauf, dass sie nicht blinzelte.

„Mhm." Dennis beobachtete sie. Schließlich kam dieses tolle Strahlen in seine meergrünen Augen, und sein schöner, großer Mund wurde irgendwie ganz weich. Er sah so sanft aus, wie ein zärtlicher Junge, den man am liebsten in den Arm nehmen und küssen würde.

Meret vergrub ihre Hände in die Bettdecke und versuchte, ganz cool zu bleiben.

Sein Gesicht kam näher. Das Strahlen seiner Augen wurde so intensiv, dass es Meret fast blind machte. Sein Lächeln nahm ihr den Atem. Es war einfach verrückt. Wenn sie jetzt aufstehen müsste, würden ihr die Knie einfach nachgeben, das wusste sie in diesem Augenblick ganz genau. Sie fühlte sich wie gelähmt, vom Bauchnabel abwärts.

„Aber ihr habt euch geküsst", murmelte Dennis sanft.

Meret nickte.

„Also, das muss ich dir nicht beibringen." Er schloss die Augen und suchte mit seinen Lippen ihren Mund. Seine Lippen fühlten sich einfach wunderbar an. Es war eben doch ganz anders als die leidenschaftlichen Filmküsse, die sie sich reingezogen hatte und bei denen sie sich immer vorstellte, dass sie in dem Augenblick die Geliebte war. Wenn man diese Lippen wirklich fühlte, schmeckte, berührte, war es einfach was anderes.

Dennis schob seinen Arm unter ihren Nacken und zog sie an sich. Der Kuss dauerte eine Ewigkeit.

Hin und wieder hatte Meret Angst, dass sie keine Luft mehr bekäme, und dann wusste sie nicht genau, was sie mit ihrer Zunge machen sollte, wenn er seine Zunge in ihren Mund schob. Aber irgendwie fügte sich alles ganz automatisch, und dann ließ er ihre Lippen los und küsste sie auf ihre Nase und ihr Kinn. Biss probeweise in ihr Ohrläppchen und lachte, als sie aufschrie in dem Augenblick, als er ihr sanft seinen warmen Atem in die Ohrmuschel blies.

„Das ist kitzlig, was?“, flüsterte er.

Meret nickte. Sie schloss die Augen.

„Aber schön?“, fragte Dennis.

Meret nickte wieder.

Dennis rollte mit seinen Beinen über sie, sodass sein rechtes Knie jetzt zwischen ihren Knien lag. Sie schauten sich an.

„Cinderella“, murmelte Dennis, „ich fürchte, jetzt wird es ernst.“

Seine meergrünen Augen leuchteten, und Merets Herz schlug so, dass sie dachte, ihr Trommelfell würde platzen.

In diesem Augenblick klingelte das Telefon. Es war so nah an ihrem Bett, dass der Boden erzitterte. Sie fuhr hoch, und Dennis rollte sich zur Seite.

„Das Telefon klingelt“, flüsterte Meret. „Ich glaub, ich muss rangehen.“

„Klar", brummte Dennis. „Tu, was du für richtig hältst."

Meret angelte sich das Telefon, nahm den Hörer ab. Ihr Herz raste noch immer, und ihre Stimme klang ziemlich atemlos, als sie rief: „Ja, hallo? Hier ist Meret Baier."

„Hallo, Schätzchen", sagte ihre Mutter. „Du klingst ja ganz atemlos. Kommst du gerade durch die Tür?"

Meret schloss die Augen. Sie atmete zweimal tief durch.

„Hallo, Mami", rief sie, ein bisschen zu freudig. „Wie geht es euch? Wie ist Berlin?"

Dennis rückte noch ein Stückchen weiter weg, zündete sich eine Zigarette an und schenkte sich Campari nach. Er stellte das Radio leiser, und Meret machte ihm ein Dankeschön-Zeichen.

„In Berlin ist alles okay. Aber wie geht es dir?"

„Mir geht es klasse."

„Kommst du zurecht?"

Die Stimme ihrer Mutter klang irgendwie argwöhnisch. „Was machst du gerade?"

„Ich? Was ich gerade mache?" Meret sah sich hilflos um.

Dennis holte ein Buch aus dem Regal und hielt es ihr vor die Nase.

„Ich lese gerade *Der Prozess* von Franz Kafka."

Dennis grinste, machte ein Victory-Zeichen und stellte das Buch wieder hin.

Ihre Mutter lachte. „Und das hat dich so außer Atem gebracht?"

Meret setzte sich wieder auf. Sie versuchte an Dennis vorbeizusehen. Sie versuchte sich vorzustellen, dass sie allein in ihrer Bude war und alles genauso war, wie ihre Mutter es gern hätte.

„Ich hab heute eingekauft“, sagte sie. „Alles ganz prima, Mami. Und die Nacht war auch okay. Über mir war ziemlicher Krach, aber das nervt mich nicht, wie du weißt.“

Dennis stand am Fenster und trank, ziemlich stetig, seinen Campari.

Meret überlegte, ob sie die Geschichte mit dem Fahrrad erzählen sollte, ließ es dann aber.

„Wenn du Sehnsucht hast, du dich einsam fühlst“, sagte ihre Mutter, „kannst du vielleicht doch schon dieses Wochenende nach Berlin kommen. Dein Vater hat für dich eine Schülerheimfahrkarte besorgt. Da kannst du so oft zwischen Köln und Berlin hin- und herfahren, wie du willst.“

„Toll“, sagte Meret. „Danke schön.“

Dennis warf sich wieder aufs Bett.

„Ich wollte aber an diesem Wochenende eigentlich nicht kommen“, sagte Meret.

Dennis schaute sie an, grinste und machte wieder das Victory-Zeichen.

„Hast du schon was Besseres vor?“, fragte ihre Mutter, und ein ganz kleines bisschen klang Enttäuschung durch.

„Nein. Aber ich wollte noch ein bisschen rumräumen in meiner Bude.“

Dennis nickte. Sein Grinsen verstärkte sich.

Er streckte die Hand aus und streichelte Merets Arm. Er machte das so, dass ihre dünnen, blöden Härchen sich senkrecht aufrichteten. Als Dennis das sah, wurde sein Grinsen noch breiter.

Irgendwann wusste auch ihre Mutter nicht mehr, was sie fragen sollte, und das Gespräch wurde beendet.

Meret legte den Hörer auf, und Dennis nahm ihr sofort den Apparat ab und trug ihn in den Flur. „Irgendwie", sagte er, „war das genau der falsche Moment."

Meret lachte. „Kommt auf den Standpunkt an. Meine Mutter würde sagen, genau der richtige."

Dennis setzte sich in den Sessel und streckte die Beine aus. „Und jetzt? Stimmung verflogen?"

Meret lächelte unsicher. Sie hob die Schultern.

„Ich verstehe", sagte Dennis.

„Am Samstag geb ich eine Party." Meret war froh, dass sie ein Ablenkungsthema gefunden hatte. „Kleine Fete. Einweihung meiner Bude."

„O toll." Dennis pustete Kringel in die Luft und rührte mit der Zigarettenspitze in dem Aschenbecher herum.

„Ich wollte dich natürlich auch einladen."

„Toll, danke."

Merets Herz machte einen Satz. „Oder hast du schon was Besseres vor?"

Dennis hob den Kopf. Er schaute sie an. „Was Besseres? Was wäre denn besser?"

„Keine Ahnung." Meret lächelte. Sie war plötzlich sicher, dass Dennis kommen würde. „Vielleicht bist du ja jeden Samstag im Jugendclub."

„Dann könnte ich immerhin noch nachher kommen, oder? Bei dir gibt es ja keine Sperrstunde mehr. Keine humorlosen Eltern, die Gäste einfach rauswerfen, oder so."

„Musst du nicht auch irgendwann zu Hause sein?"

Dennis lachte. „Das hab ich meinen Eltern schon vor einer ganzen Weile abgewöhnt. Die fragen nicht mehr. Selbst wenn ich sonntags erst zum Frühstück komme."

„Susi hat gesagt, ich soll von jedem zehn Mark nehmen

und dafür Getränke und was zu Essen kaufen", sagte Meret.

Dennis' Gesicht verfinsterte sich. „O verstehe. So eine Party ist das. Man wird eingeladen, muss aber alles selber finanzieren. Verstehe." Er kniff die Lippen zusammen.

„Du brauchst natürlich nicht zu zahlen, wenn du kein Geld hast."

„Ich hab Geld, aber ich brauche es für das neue Rad."

„Klar, weiß ich doch." Meret rutschte etwas näher an Dennis heran. „Wir müssen's ja niemandem sagen, dass du nichts dazugibst."

Dennis lächelte. Er beugte sich vor, legte seine Hand auf Merets Knie und sagte: „Ich muss los. Ich hab heute noch so eine Liste, die ich abhaken muss."

Meret nickte. Sie schaute zu, wie Dennis seine Boots wieder anzog und in seine schwarze Jeansjacke schlüpfte. Sie fragte nicht, wer auf dieser Liste stand, die noch abgehakt werden musste. Sie fragte sich nur, ob sie vielleicht auch nur so ein Punkt auf der Liste war.

Zum Abschied gab Dennis ihr einen kleinen Kuss, aber den konnte man in nichts mit dem Kuss von vorher vergleichen.

Als er sich an dem Fahrrad vorbei aus der Wohnung schlich, sagte er: „Für das Fahrrad müssen wir noch einen anderen Platz finden. Ich kümmere mich drum."

Und dann war er weg.

Meret begann, ganz mechanisch, ohne etwas Konkretes zu denken, die Bude aufzuräumen. Zum Schluss öffnete sie das Fenster und saß da, im kalten Luftzug, bis die Luft wieder so frisch und rein war, dass nicht einmal ihre Mutter etwas von Dennis' Rauch gemerkt hätte.

Bis zur Party sah und hörte Meret nichts von Dennis. Stattdessen defilierte eine ununterbrochene Kette von Leuten durch ihre Wohnung:

Erst kamen Ingo und Kalle, knallten sich in den Sessel und aufs Bett, benutzten das Klo, das Waschbecken, rissen die Kühlschranktür auf und fläzten sich in ihrer Bude herum, als gehöre das alles ihnen.

Meret schaute sich das an, grimmig vor Zorn.

Ingo hatte dann die grandiose Idee, einen Pizzaservice anzurufen, und wenig später waren die Pappkartons, Reste von Paprika und fettem Teig überall in ihrer Wohnung verstreut. Ingo und Kalle drehten abwechselnd an ihrem Radio herum, blödelten, erzählten sich Macho-Witze, über die Meret noch nie lachen konnte, und verschwanden schließlich, weil im Fernsehen ein Krimi kam, den sie keinesfalls verpassen wollten.

„Schade“, sagte Ingo im Weggehen, „dass du keine Glotze hast. Dann wäre es vollkommen.“

Kalle kam noch einmal zurück, um den Aschenbecher seines Autos in ihren Mülleimer zu kippen (was Meret so sprachlos machte, dass sie ihn einfach gewähren ließ), und dann waren sie weg.

Als Nächstes tauchten Teresa und Franziska auf, begutachteten ihre Kosmetikvorräte und ihre Teesorten und machten kritische Bemerkungen über die kahlen Wände.

„Da muss was hin“, sagte Teresa.

„Klar.“ Meret hob die Schultern. „Aber ich hab mich noch nicht entschieden.“

„Was hattest du denn in deinem alten Zimmer an der Wand?“, fragte Franziska. Sie hatte Meret nie zu Hause besucht, weil sie zu der Zeit noch mit Uta befreundet war, und Meret und Uta standen total auf Kriegsfuß. Aber jetzt hatte es irgendeinen Krach zwischen Uta und Franziska gegeben. Irgendwas Geheimnisvolles, über das beide nicht redeten, und Franziska hatte sich Teresa angeschlossen, und nun saßen sie in Merets Zimmer, und aus den Augen leuchtete der blanke Neid.

„Wenn ich eine sturmfreie Bude hätte“, sagte Teresa, „würde ich mir ganz scharfe Sachen an die Wand hängen.“

„Und was sind scharfe Sachen?“

„Na ja, tolle Fotos von nackten Models.“

„O Gott.“ Meret verdrehte die Augen. „Du meinst, aus dem Playboy oder so was? Das ist doch bescheuert.“

„Wenn Jungen so was machen, kann ich das ja gerade noch verstehen“, meinte Franziska, „aber ...“

„Ich kann's auch nicht verstehen, wenn Jungen so was machen. Irgendwie ist das doch pubertär.“ Meret wartete neben der Kochplatte, dass der Teekessel pfiff. Sie hatten sich für eine Mischung aus Waldkirsche, Vanille und Earl Grey entschieden.

„Kinder, ihr versteht mich nicht!“ Theatralisch warf Teresa die Arme hoch und schüttelte ihre wilde, schwarze Mähne. „Ich meine doch nicht solche Fotos! Ich meine richtige Cover von der *Vogue*, von *ELLE*, *Marie Claire* und so. Nadja Auermann, Claudia Schiffer und Cindy Crawford! So was würde ich mir hinhängen. Irgendwie die Frauen, die unsere Vorbilder sind.“

Meret starrte Teresa an. „Models sind deine Vorbilder? Ist das dein Ernst?"

„Klar." Teresa stand auf, zog die Luft ein und presste ihre Hände um die Taille. „Die Idealfigur ist 90-60-90." Sie hielt die Luft an, schnürte ihre Taille zu und verdrehte die Augen. „Das schaff ich nie. Da müsste ich mindestens noch 12 Kilo abnehmen. Meine Mutter würde mich massakrieren. Die findet sowieso, dass ich einen Knall habe mit meinem Schönheitsideal."

„Kann es sein", fragte Meret sanft, „dass deine Mutter in der Hinsicht Recht hat?"

„Wenn ich eine sturmfreie Bude wie Meret hätte", sagte Teresa versonnen, „würde ich als Erstes eine Nulldiät machen, nur Wasser und sonst nichts." Sie schaute Meret an. „Das merkt keiner. Dich kontrolliert doch hier niemand. Du fastest, und nach vier Wochen hast du eine Figur wie Kate Moss."

„Sie will nicht Model werden, sondern Schriftstellerin", sagte Franziska. „Dazu braucht sie keine besonderen Maße, sondern nur einen besonderen IQ. Ist der Tee irgendwann fertig?"

Meret reichte die Dose mit dem Kandiszucker, verteilte Kekse auf einem Teller (sie hatte in den letzten Tagen drei Packungen Kekse verbraucht, wenn das so weiterging, würde sie schon am Fünfzehnten pleite sein) und reichte jedem eine Teetasse. „Früher", sagte Meret, „hatte ich noch Pferdeposter an der Wand."

Teresa lachte. „Genau, stimmt! Pferdeposter!" Sie pustete in ihren Tee und kicherte dabei.

„Ist das echt wahr? Das haben doch nur Zwölfjährige!" sagte Franziska fassungslos.

„Ich kenne Mädchen, die noch mit fünfzehn total fasziniert von Pferden sind."

„Manche auch noch mit fünfzig", sagte Teresa. „Aber das ist irgendwie die Ausnahme. Das sind dann Frauen, die wirklich Turniersport machen, Dressur oder so."

Meret musste einen Augenblick an ihre Pferdeposter denken. Besonders der Kopf des Araberhengstes war so schön gewesen, dass ihr manchmal beim Hinsehen schon wehmütig ums Herz geworden war. Und dann das Foto von der Fohlenwiese, all die zarten Tiere mit dem seidigen Fell, den unschuldigen Blicken und dem staksigen Gang. Das war auch irgendwie wunderbar gewesen, so etwas um sich zu haben. Und das Foto von der Trakehnerstute, die aus der Stalltür schaut. Auch eines ihrer Lieblingsbilder.

„Man kann sich auch Filmplakate hinhängen", sagte Franziska. „Das finde ich stark."

„Und wo kriegt man die her?"

„Vom Kino. Immer wenn ein Film abgesetzt wird, muss man fragen, ob man das Plakat aus dem Schaufenster bekommen kann. Ist doch babyleicht."

„Ich hab in meinem alten Zimmer noch Barbiepuppen aufbewahrt", sagte Meret in einem Anfall von Ehrlichkeit. „Und Kartons mit dem Schnickschnack für die Barbiepuppen. Kosmetik, Perücken, jede Menge Petticoats und so was." Sie ließ sich auf das Bett zurückfallen. „Irgendwie war es ganz lustig, diese Puppenversammlung oben auf dem Schrank zu sehen. Wenn ich morgens aufgewacht bin, hab ich zuerst diese blöden Puppen gesehen und musste lächeln. Weiß auch nicht, wieso."

„Sentimentalität", sagte Teresa. „Aus dem Alter, wo wir mit Puppen spielen, sind wir nun echt raus, oder nicht?"

„Du könntest die Wände auch bemalen“, schlug Franziska vor. „Mit Graffitis, oder so gewischte Wände, wie das jetzt alle haben. Du könntest echt ganz abgefahrene Farben ausprobieren. Geht doch keinen was an. Niemand kann meckern.“

„Ich könnte so was niemals“, sagte Teresa. „Mein Zimmer ist direkt gegenüber der Wohnungstür, und jeder guckt da zuerst rein. Deshalb kriegt meine Mutter auch immer einen Anfall, weil es so chaotisch ist. Aber die Wände müssen weiß sein. Das verlangt sie einfach.“

„Ich muss mein Zimmer teilen, mit meiner kleinen Schwester. Ihr habt keine Ahnung, wie nervig das ist. Wenn die Besuch von Freundinnen hat, und die hören dann Märchenkassetten, wirklich, da könnte ich ausrasten. Wie soll ein Mensch Schularbeiten machen, wenn zwei kleine, verrückte Mädchen im Zimmer herumturnen.“

„Dann musst du ins Wohnzimmer“, sagte Teresa.

„Ha, toll! Im Wohnzimmer sitzt mein Vater, und zwar immer.“

„Arbeitet dein Vater nicht?“, fragte Meret. Sie hatte ziemlich wenig Ahnung, was Franziska so in ihrem Privatleben trieb. Sie wusste nur, dass Franziska besonders gut in Englisch war, weil sie mal in den Sommerferien Kurse an einem College besucht hatte. Und dass sie sich sehr für Kunst interessierte. Ihre Bleistiftzeichnungen wurden immer in der Schule ausgehängt.

„Mein Vater ist arbeitslos“, sagte Franziska düster. „Das ist vielleicht eine Scheiße. Ich kann euch sagen, seitdem hängt bei uns der Haussegen total schief. Sie haben ihn rausgeschmissen, weil die Firma angeblich Verluste macht.

20 Prozent der Angestellten mussten gehen. Mein Vater kriegt noch für vier Monate einen Großteil seines Gehalts. Aber in der Zeit muss er einen neuen Job finden, sonst sieht es düster aus." Sie schaute sich in Merets Zimmer um. „Und wenn man sich dann vorstellt, dass es Mädchen wie Meret gibt, die eine eigene Wohnung ganz für sich allein finanziert bekommen ..."

Franziska und Teresa waren kaum weg, da tauchten Ingo, Kalle und Georg auf. Die Villa Kunterbunt war wegen eines Rohrbruchs geschlossen worden, und die drei hatten das Monopoly unter den Arm geklemmt, sich Zigaretten besorgt und beschlossen, mit Meret einen richtig guten Monopoly-Abend zu gestalten.

„Mann, Kinder", sagte Meret müde. „Ich bin total alle. Ich hatte den ganzen Tag Besuch. Ich muss noch Schularbeiten machen."

„Schularbeiten kannst du immer noch machen. Das läuft nicht weg." Ingo gab ihr einen Kuss.

„Mann, sei doch nicht so spießig", sagte Kalle, während er sich an ihr vorbei ins Zimmer drängte. „Du hast jetzt eine sturmfreie Bude! Das bedeutet ein anderes Leben. Ist dir das nicht klar?"

Meret sah zu, wie Georg ihr Fahrrad so gegen die Wand schrammte, dass es Spuren hinterließ, und schloss sich im Bad ein, während die drei das Monopoly auf dem Boden aufbauten, sich Gläser aus dem Schrank holten und die Kronkorken der Bierflaschen durch die Gegend schnippten.

Sie starrte sich im Spiegel an. Ganz lange blickte sie sich in die Augen. Sie wartete, bis sich ihr Pulsschlag etwas beruhigt hatte. Sie war kurz davor gewesen durchzudrehen.

Schließlich öffnete sie die Badezimmertür, trat ins Zimmer und sagte: „Stimmt, ich hab eine sturmfreie Bude. Das Leben ist jetzt anders als früher."

Ingo schaute auf. Er hielt die Figuren in der Hand. „Gut, dass du es einsiehst. Nimmst du gelb oder schwarz?"

„Gelb." Meret setzte sich hin. „Aber ich habe irgendwie gedacht, ich könnte mir aussuchen, wie anders mein Leben wird."

Georg strahlte sie an. „Du bist Klasse", sagte er. „Deine Bude ist Klasse, das Bier schmeckt, wir haben eine starke Monopoly-Partie vor uns. Worum geht es eigentlich, worüber redet ihr?"

„Meret hat Angst, dass sie ihre Schularbeiten nicht schafft", sagte Ingo.

Und da mussten sie alle grinsen.

Als Meret die drei nachts um zwölf schließlich aus der Wohnung geschoben hatte, sah die aus wie ein Schlachtfeld. Aber Meret war zu müde, um noch aufzuräumen. Sie riss das Fenster auf, schaufelte alle ekligen Reste in den Müll, putzte sich die Zähne, zog ihre Sachen aus, ließ sie auf der Duschstange hängen und kroch unter die Bettdecke.

Draußen auf der Straße war es immer noch laut. Der Karneval hatte begonnen, ganz Köln drehte durch. Musik drang aus verschiedenen Richtungen zu ihr hinauf, und aus der Kneipentür fielen die Besoffenen. Einmal hörte sie einen Polizeiwagen, und dann waren in der Wohnung über ihr wieder Stimmen und Gepolter.

Meret lauschte auf all die Geräusche, wickelte sich in ihre Bettdecke und weinte lautlos. Die Tränen rollten einfach nur so über ihr Gesicht. Sie hatte keine Ahnung, wieso.

Es war nichts passiert.

Es war alles in Ordnung.

Sie konnte machen, was sie wollte, oder?

Okay, ihre Schularbeiten waren nicht fertig, aber früher hatte sie ihre Schularbeiten auch nicht immer rechtzeitig fertig gehabt. Okay, sie wollte eigentlich ihr neues Leben nutzen, um statt der Tagebücher Kurzgeschichten zu schreiben. Besser: Kurzskizzen. Sie wollte von all den Leuten, die sie jetzt in der neuen Straße traf, im Hausflur, beim Fischmann, beim Bäcker, kleine Porträts schreiben, als Übung, die sie dann irgendwann einmal Schumi zeigen wollte. Das war ihr Plan. Aber sie war zu nichts gekommen. Zu gar nichts. Hatte nur Tee gekocht, Bierflaschen weggeräumt, Kekse auf Teller gelegt und hinter anderen Leuten hergeputzt.

Am nächsten Morgen wachte sie gegen acht Uhr auf. Sie starrte fassungslos auf den Wecker. Wieso hatte der nicht geklingelt? Weil sie verschlafen hatte. Ganz klar.

Sie sprang aus dem Bett und stürzte ins Bad. Sie drückte gerade eine grünweiße Wurst Zahnpasta auf ihre Zahnbürste, als das Telefon klingelte.

Voller Panik starrte Meret in den Spiegel. Wer konnte das sein? Sie ging vorsichtig zum Telefon, nahm den Hörer ab.

„Ja, hallo. Hier ist Meret Baier“, sagte sie vorsichtig. „Wer spricht da?“

„Hallo, Mäuschen! Schätzchen! Was hast du denn heute Morgen für eine Stimme?“ Es war ihr Vater. Er klang ausgeruht und ausgeschlafen, total dynamisch und positiv.

Bestimmt, dachte Meret, sind die Eltern gestern Abend schon um zehn Uhr ins Bett gegangen und haben keine Albträume gehabt.

„Was ist mit meiner Stimme?“ Meret räusperte sich. „Hallo, Papi! Guten Morgen.“

„Ja, guten Morgen, mein Kind. Deine Mutter und ich sitzen hier beim festlichen Frühstück und denken immer: Wann ruft das Kind an?“

Meret schloss die Augen. „Festliches Frühstück? Wieso denn festliches Frühstück? Welchen Tag haben wir denn heute?“

„Samstag, den 15. Februar ...“

„Oh! Mist!“, flüsterte sie. „Ich habe euren Hochzeitstag vergessen. O Mann, wie blöd von mir. Wie total bescheuert! Papi, bist du noch da?“

„Klar bin ich da.“

„Herzlichen Glückwunsch zum Hochzeitstag und ganz, ganz dicke Küsse von mir.“

„Danke“, sagte ihr Vater. Seine Stimme klang ein kleines bisschen reserviert. „Möchtest du deiner Mutter vielleicht auch gratulieren?“

„Klar, gibst du sie mir?“

Es dauerte eine halbe Sekunde, da war ihre Mutter am

Telefon. „Guten Morgen, Mädchen. Wir dachten, du hast heute zur Ersten?"

„Nein, nein. Der Stundenplan hat sich geändert", log Meret. „Erst zur Dritten."

„Ah, deshalb. Und wir haben schon gedacht, du vergisst uns anzurufen."

„Hätte sie auch vergessen!" Das war die Stimme ihres Vaters aus dem Hintergrund.

„Geht es dir gut, Schätzchen?", fragte ihre Mutter.

Meret nickte. Sie setzte sich im Schneidersitz auf den Fußboden und schloss die Augen. Sie versuchte, sich die Wohnung ihrer Eltern vorzustellen. Ihre Mutter hatte die Wohnung genau beschrieben. Ein Altbau mit einem Erker und einem Wintergarten. Irgendwie toll. Sie hatten auch eine Gehaltszulage bekommen, wegen des Umzugs nach Berlin, und konnten sich das deshalb leisten.

„Frühstückt ihr im Wintergarten?", fragte Meret.

„Richtig geraten. Und dein Vater hat wunderschöne Rosen besorgt und Frühstück gemacht. Mit frischem Orangensaft und Croissants. Er ist heute schon um halb sieben aufgestanden, um alles vorzubereiten. Ist das nicht süß?"

„Ja, süß", sagte Meret schwach. Ihr fiel ein, dass sie überhaupt nichts zum Frühstücken im Hause hatte. Dass sie für heute Abend eine Party organisieren musste, das Geld hatte sie schon eingesammelt, aber noch nichts gekauft. Und Dennis hatte ihr nicht einmal einen Wink gegeben, ob er kommen würde.

Alles war so chaotisch. Alles lief ihr irgendwie davon. Das Leben, das sie jetzt führte, hatte gar nichts mehr mit ihr selbst zu tun.

„Hast du deine Wäsche schon in den Waschsalon gebracht?", fragte ihre Mutter. „Funktioniert das gut?"

„Super", log Meret. Die schmutzige Wäsche hatte sie in die hinterste Ecke ihres Schrankes gestopft. Sie war einfach noch nicht dazu gekommen, in den Waschsalon zu gehen. Das dauerte ja Stunden. Da musste man neben der Maschine sitzen bleiben und erst auf den Schleudergang und dann auf den Trockengang warten und immer wieder Geld einwerfen, neue Knöpfe drücken, und dann hieß es, dass so komische Typen ... Na ja. Nicht dran denken.

Sie hatte sich schließlich auch auf so was gefreut, oder nicht? Auf ein Abenteuer, ganz neue Typen kennen zu lernen. Ganz selbständig zu sein.

„Was gibt es heute zum Frühstück bei dir, Mäuschen?", fragte ihre Mutter.

Meret warf einen Blick auf die Batterie der leeren Bierflaschen.

„Milch", sagte sie, „und Cornflakes."

„Mhmh. Das klingt aber gut. Keinen frischen Saft?"

„Heute nicht", sagte Meret. „Aber ich kauf nachher noch ein."

„Schade, dass du an diesem Wochenende nicht nach Berlin kommst", sagte ihre Mutter. „Aber wenn du heute Schule hast, verstehen wir das natürlich."

„Nächste Woche komm ich ja", sagte Meret.

„Hauptsache, es geht dir gut", rief ihr Vater ins Telefon.

Und Meret rief: „Klar, Papi, es geht mir gut!"

Endlich waren die Eltern beruhigt und legten auf. Meret hastete durch die Wohnung und warf zehn Minuten später die Tür hinter sich zu.

Sie hatte immer noch keinen Platz für das Fahrrad. Aber

das Problem musste gelöst sein, bevor die Leute heute Abend eintrudelten.

Als sie mit dem Rad zur Schule fuhr und der frische Wind über ihr Gesicht strich und durch die rasend schnell dahinziehenden Wolkenfetzen immer mal wieder die Sonne blitzte, als sie beim Bäcker hielt und sich schnell zwei Croissants für die Pause kaufte und der Bäcker sie mit einem strahlenden „Ah, das junge Leben!“ begrüßte, ging es ihr auf einmal wieder gut.

Sie atmete tief durch, lehnte sich auf den Lenker und strampelte weiter. Es war gut, mit dem Fahrrad zur Schule zu fahren. Es war gut, eine eigene Party zu organisieren und viele Leute zu kennen, die sich darum rissen, bei ihr abends Monopoly zu spielen. Eine sturmfreie Bude war das Beste, was ihr passieren konnte. Sie war wieder so gut drauf, als sie ihr Rad im Schulhof unterstellte, dass sie es irgendwie normal fand, Dennis in die Arme zu laufen.

Er stand da, breitbeinig mit seinen schwarzen Boots und seinem schwarzen Sweatshirt und breitete einfach die Arme aus. „Meret“, rief er. „Ich such dich seit Tagen!“

Und Meret glaubte es einfach.

Meret besorgte aus dem Supermarkt gegenüber zwei Kisten Bier, eine Flasche Whisky und eine Kiste Cola.

Teresa und Susi kamen um sechs, um ihr bei den Vorbereitungen zu helfen. Es sollte Nudelsalat und ein Blech Pizza geben, und zum Nachtisch eine riesige Schüssel mit grüner Götterspeise, zu der Beate Vanillesoße machen wollte.

Merets Gesicht glühte vor Begeisterung. Sie schwitzte und keuchte vom vielen treppauf und treppab Laufen, aber es war einfach wunderbar, in der eigenen Wohnung eine Fete zu feiern!

Das Fahrrad hatte sie gut untergebracht (bei der Familie, die im Tiefparterre noch einen Abstellraum hatte), im Bad hatte sie für extra Klopapierrollen gesorgt (eine Idee von Teresa), überall Aschenbecher aufgestellt, damit die Leute nicht auf die Idee kamen, die Asche einfach auf den Boden zu schnipsen.

Meret legte schon mal, bevor die anderen kamen, ihre beste Reggae-CD auf. In letzter Zeit stand sie unheimlich auf einen Rasta-Typen namens *Blueberry Hill*, der so eine wunderbar rauchige Stimme hatte und in ganz kaputten Texten die Liebe besang.

Dennis hatte Meret versprochen, dass er für die Musik sorgen würde. Schließlich ein Leichtes für jemanden, der seit Monaten seine Freizeit als DJ verbrachte.

„Zum Tanzen ist es zu eng", stellte Meret fest, als sie das Zimmer betrachtete.

„Zum Tanzen ist es nie zu eng!" Susi hievte gerade das Pizzablech aus dem Ofen.

„Man kann auch auf dem Bett tanzen", sagte Teresa.

„Und wenn es eng ist, hat man umso mehr Grund, sich auch eng aneinander zu schmiegen." Susi kicherte. „Ich muss unbedingt Hannes dazu kriegen, dass er mit mir tanzt. Der wird total verlegen beim Tanzen."

„Hannes ist ein Baby", sagte Teresa. „Ich versteh überhaupt nicht, was du an dem findest."

Susi lachte. „Er ist eine gute Alternative zu Dennis."

Meret fuhr herum. „Und wieso?"

„Weil er so schüchtern ist." Susi lachte. „Ich finde schüchterne Kerle toll."

Teresa verdrehte die Augen. „Leute, wie wir über Männer reden, das hat was. Da kann man direkt einen Fernsehfilm draus machen." Sie steckte ihre Nase in die dampfende Pizza. „O Klasse, mit Anschovis. Schneidest du mir ein kleines Stück ab?"

„Pfoten weg!" Susi haute Teresa auf die Finger, als sie ein Stück vom Rand abbrechen wollte. „Wie viele werden wir eigentlich?"

Meret zählte noch einmal durch. „Zehn", sagte sie. „Oder sind das zu viele?"

„Quatsch. Raum ist in der kleinsten Hütte. Mann, du hast eine ganze Wohnung! Flur, Bad, ein riesiges Zimmer, also, mit zehn Leuten sieht es hier immer noch leer aus."

Es klingelte. Meret raste erschrocken ins Bad. „Ich muss mich noch umziehen!" Sie war so ins Schwitzen gekommen, dass sie nur im BH und in Jeans durch die Wohnung sauste. „Machst du auf, Teresa?"

„Mach ich, Baby."

Teresa, die schon ihr tolles Make-up aufgelegt und ihre raffinierte Frisur drapiert hatte, ging mit wiegenden Schritten zur Wohnungstür. „Hey, Freunde ...", wollte sie sagen. Aber das Wort blieb ihr im Halse stecken. Vor der Tür stand die Hausmeisterin. Sie kniff die Augen zusammen und musterte Teresa. Wahrscheinlich hatte sie noch nie ein so hübsches Mädchen gesehen.

„Ist Meret Baier auch da?", fragte sie.

Teresa lächelte süß. „Ich denke schon. Ich bin ihre Freundin. Kann ich etwas ausrichten?" Sie machte eine lässige Handbewegung in Richtung Badezimmer. „Sie ist gerade im Bad. Sie macht sich frisch."

Susi kauerte vor dem Backofen. Sie konnte ein Kichern

kaum unterdrücken. Teresa spielte das Mädchen aus feinem Hause, echt gekonnt.

„So! Sie macht sich frisch!" Die Hausmeisterin schnaubte. Sie trat einen Schritt in die Wohnung und schaute sich misstrauisch um. „Ich hab so ein komisches Gefühl. Ich habe gesehen, wie hier Getränkekisten heraufgeschleppt wurden. Hat das was zu bedeuten?"

Teresa lächelte. „Bestimmt."

„Und was?" Die Augen der Hausmeisterin wurden noch schmaler.

„Dass jemand Durst hat, nehme ich an."

Meret öffnete die Badezimmertür. Sie trug jetzt ihren neuen Ringelpulli, hatte die Haare hochgesteckt und die Lippen geschminkt.

„Da will dich jemand sprechen." Teresa zog die Tür etwas weiter auf. „Ich hab keine Ahnung, wer das ist."

„Ich sorge hier für Recht und Ordnung!", fauchte die Hausmeisterin. „Und ich hab das Gefühl, dass hier heute Abend eine Party stattfinden soll."

Meret nickte. Peinlich, dass die Hausmeisterin ausgerechnet jetzt auftauchte! Sie konnte das misstrauische, verkniffene Gesicht der Hausmeisterin nicht leiden. Aber sie musste gut mit ihr auskommen. Schließlich wollte sie nicht, dass ihre Eltern Ärger wegen der Wohnung bekamen. Immerhin waren ihre Eltern als Mieter eingetragen.

„Wir wollen bloß ein bisschen mit ein paar Leuten aus der Klasse feiern", sagte sie mit einem schüchternen Lächeln. „Nichts Großes."

„Nichts Großes? Wie will man denn auch in so einer kleinen Wohnung etwas Großes feiern? Wenn das eine richtige Party werden soll, dann muss ich dich warnen:

Partys müssen bei den anderen Hausbewohnern angemeldet werden. Sonst gilt die Hausordnung, die immer gilt. Ab zehn Uhr Musik nur auf Zimmerlautstärke."

Teresa lächelte süß. „Wir machen doch keine Techno-Party. Sie müssen sich nicht sorgen. Wird sind ganz brav. Wollten Sie sonst noch was?"

Die Hausmeisterin fixierte Meret. Ihr fehlten die Worte, aber sie war ganz eindeutig schlecht gelaunt. In diesem Augenblick tauchte Susi aus der Tiefe des Raumes auf. Sie reichte ihr mit ausgestreckter Hand einen Teller mit einem Pizzastück.

„Möchten Sie probieren? Die hab ich selbst gebacken. Mein eigenes Spezialrezept."

Da glättete sich auf einmal die Miene der Hausmeisterin, und so etwas wie ein Lächeln erschien.

„Das ist aber nett", sagte sie. „Das ist mir noch nie von einem Hausbewohner angeboten worden."

Kein Wunder, dachte Meret. Aber sie schluckte die Bemerkung lieber herunter.

Als die Hausmeisterin gegangen war, schauten die drei Mädchen sich an.

„Puh", entfuhr es Teresa. „Das ist aber ein Drachen. Und mit so was lebst du unter einem Dach?"

„Die ist ja zum Fürchten", sagte Susi.

Meret lachte. Sie war froh, dass alles so glimpflich abgelaufen war. „So schlimm ist sie auch wieder nicht. Wir müssen bloß darauf achten, dass es ab zehn nicht so laut ist."

Teresa lächelte süffisant. „Das sag mal den Jungen. Wenn die ein paar Bier getrunken haben ..." Sie machte eine Handbewegung, die andeutete: Dann ist alles zu spät.

Um neun Uhr waren alle da, bis auf Dennis. Ingo maulte ein bisschen herum, dass die Musik lahm sei, und Torsten meinte, dass eine Flasche Whisky für so viele Leute wohl ein Scherz wäre. Aber die anderen schienen ganz friedlich.

Teresa schmuste mit Ole, und Susi hatte tatsächlich Hannes zum Tanzen überredet. Ingo hatte nur einmal kurz mit Meret getanzt, dann aber plötzlich keinen Bock mehr gehabt und sich wieder aufs Bett geworfen.

Die Pizza war fast ganz verputzt, aber von dem Nudelsalat gab es noch Reste. Meret wollte die Nachspeise nicht servieren, bevor Dennis nicht da war. Diese Götterspeise sah eklig aus, wenn alle erst einmal ihren Löffel in die Schüssel gesteckt hatten. Sie wollte, dass es wenigstens noch ein bisschen gut aussah, wenn Dennis auftauchte. Das Bier wurde eines nach dem anderen geleert. Meret hatte noch nie darauf geachtet, wie viel Bier die Jungen in kurzer Zeit herunterkippen konnten. Sie war fast schockiert, aber lächelte die ganze Zeit wie eine gute Gastgeberin.

Ingo schmuste jetzt mit Claudia, und zwar ziemlich ungeniert. Meret beugte sich über die beiden, da packte Ingo sie am Arm. „He, was bist du immer so unruhig?"

„Ich wollte nur an den Aschenbecher", sagte Meret verschämt. „Ich wollte ihn ausleeren."

Ingo verdrehte die Augen. „O Mann. Was hast du im Kopf? Wieso willst du immerzu die leeren Bierflaschen wegstellen, die Aschenbecher ausleeren, die dreckigen Gabeln spülen? Was ist das hier? Ein SOS-Kinderdorf?"

Meret lächelte tapfer und wich zurück. Claudia schaute Meret herausfordernd an und schob den Saum ihres Minikleides so weit hoch, dass man ihr Höschen sah.

Meret flüchtete ins Bad, malte sich die Lippen neu an und kämmte sich zum zehnten Mal die Haare. Sie schaute auf die Uhr. Es war schon nach zehn. Die Musik war Gott sei Dank nicht besonders laut.

Und Dennis war immer noch nicht aufgetaucht. Meret hatte fast Tränen in den Augen. Sie wäre am liebsten mit dem gefüllten Mülleimer nach unten gelaufen, um einmal frische Luft zu schnappen. Aber dann hätten die anderen sie endgültig für verrückt erklärt.

„Komm her!", rief Torsten, als sie wieder aus dem Bad auftauchte. „Wir haben eine Pokerrunde beschlossen."

Meret lachte erleichtert. Es war ihnen wenigstens irgendwas eingefallen. Sie langweilten sich also nicht.

„Und was für Poker?" Ingo ließ Claudia nur zögernd los.

„Striptease-Poker natürlich." Torsten feixte. „Wer verliert, muss sich ausziehen. Was denn sonst für 'n Poker, du Depp?"

Teresa kniete sich vor die anderen und schaute zu, wie Torsten geschickt die Karten mischte. „Striptease-Poker ist geil", sagte sie begeistert. „Macht echt Laune. Bloß nicht, wenn man selber verliert."

„Ich wollte schon immer mal sehen, ob Teresa wirklich so einen tollen Busen hat." Ingo wälzte sich vom Bett und blieb auf dem Fußboden liegen. Er streckte Claudia eine Hand hin. „Gibst du mir noch ein Bier?"

Es klingelte. „Es hat geklingelt!", rief Teresa.

Meret sprang auf und rannte zur Tür. Dennis, dachte sie. Endlich. Sie würde ihm einfach um den Hals fallen, damit alle sahen, dass sie und Dennis zusammengehörten. Sie riss die Tür auf.

„Dennis ...!“ Das Wort blieb ihr im Hals stecken. Dennis stand vor der Tür, mit leicht glasigem Blick, er taumelte, hielt sich aber an zwei Mädchen fest. Seine Arme lagen auf ihren Schultern.

„Da bin ich“, murmelte Dennis. „Was ist mit der Party? Gute Stimmung? Gute Frauen? Guter Sex?“

„Dennis ist da!“, schrie Teresa.

Ingo wälzte sich herum. Er schaute Dennis über seine Bierflasche an. „Mann, der ist ja besser abgefüllt als wir“, sagte er. „Ist ja stark. Hey, Dennis, was hast du gemacht?“

„Gesoffen“, sagte Dennis.

Meret starrte ihn an. Die beiden Mädchen lächelten ein bisschen unsicher. Die eine war schwarzhaarig, die andere hatte streichholzkurze, weizenblonde Stoppeln und ein kalkweiß geschminktes Gesicht, in dem ein fast schwarz geschminkter Mund leuchtete. Meret hatte die beiden noch nie gesehen. Sie hatte keine Ahnung, wo Dennis die aufgegabelt hatte. Vielleicht im Jugendclub.

Beide trugen schwarze Netzstrümpfe und hochhackige Schuhe. Meret fand, dass sie widerlich ordinär aussahen.

„Wir haben keine Faschingsparty“, sagte sie mit einem Blick auf die schwarzen Netzstrümpfe der Mädchen. „Und eigentlich hatte ich nur Dennis eingeladen.“

Das dunkelhaarige Mädchen lachte auf. „Dennis, hast du das gehört? Wir sind nicht erwünscht.“

Dennis versuchte, seine glasigen Augen auf Meret zu konzentrieren. „Was? Was hast du gesagt?“ Er machte einen Schritt nach vorn und fiel mit dem Kopf gegen den Türrahmen. „Die Mädchen sind mit mir gekommen, und sie bleiben“, sagte er. „Ist das klar?“

„Hey, lass sie rein. Mach keinen Terror“, rief Torsten.

Also gab Meret die Tür frei.

Dennis ließ eine Plastiktüte auf den Boden fallen. „Ich hab Musik mitgebracht, Leute. Heiße Scheiben. Könnt ihr mal ...“

Jemand hatte schon die erste CD aus der Tüte gefischt und legte sie auf.

„Lauter!“, schrie Dennis. „Ich hör ja nichts.“

„Ja, mach lauter. O Mann, die *Winners*. Echt stark.“ Hannes kam langsam in Fahrt. Er kuschelte sich an Susi, die ihm sanft den Rücken massierte.

Meret lehnte an der Wand zum Bad und schaute sich alles an, wie einen Film, mit dem sie nichts zu tun hatte.

Die Musik wummerte los, der Boden vibrierte. Ein paar Leute gerieten jetzt richtig in Stimmung. Susi und Hannes tanzten wieder, Torsten schnappte sich Teresa. Dennis ließ sich auf Merets Bett fallen und streckte die Arme nach den beiden Mädchen aus. Er hatte Meret noch keines Blickes gewürdigt.

„Gibt es in dem Laden auch was zu trinken?“, lallte er.

Meret stellte eine Cola-Flasche vor ihn hin.

Dennis starrte die Flasche an. „Was ist das?“

„Cola“, sagte Meret eisig. „Genau das, was du jetzt brauchst.“

Dennis versuchte sich auf Merets Gesicht zu konzentrieren. „Und woher weißt du, was ich brauche? He, wir wollen was anderes, was hast du noch?“

Meret versuchte verzweifelt, Dennis etwas zu signalisieren, aber er kapierte es nicht. Also stellte sie die Whiskyflasche vor ihn und ließ sich langsam im Schneidersitz auf dem Boden nieder.

Sie war müde zum Umfallen. Sie war traurig wie der

Tod. Sie kam sich einsamer und elender vor als je zuvor in ihrem Leben. Um sie herum stieg die Stimmung. Das Lachen wurde lauter und die Musik auch. Die letzten Erdnussflips wurden auf dem Teppich zertreten, und wenn sie sich konzentrierte, konnte sie die Brandlöcher in ihrem Teppich zählen. Niemand kümmerte sich um sie, es war, als existierte sie gar nicht. Es war die Hölle.

Ungefähr eine Stunde später begann Dennis, das Mädchen mit den streichholzkurzen Haaren auf ihrem Bett auszuziehen. Da hatte Meret genug. Sie rappelte sich auf, zerrte Dennis an seinem schmierigen Hemdkragen nach hinten, dass ihm fast die Luft wegblieb, und schrie: „Raus hier! Alle raus!"

Zuerst hörte keiner zu. Das Mädchen versuchte, Meret ein Kissen an den Kopf zu schleudern. Meret warf sich auf die Anlage und zog den Stecker raus. In der nächsten Minute war es vollkommen still. Alle starrten sie an.

„Hey", sagte Ingo sanft, „was ist denn jetzt los?"

Meret schluckte. „Die Party ist vorbei", sagte sie mit aller Entschlossenheit, die sie aufbringen konnte. „Ihr müsst jetzt gehen."

„Sag mal, bist du krank, oder was?" Dennis wälzte sich herum. Er versuchte Merets Arm zu greifen, fiel aber aus dem Bett und knallte mit dem Kopf gegen den Pfosten. Das gab Meret eine kleine Genugtuung.

„Ich bin nicht krank, sondern müde", sagte Meret. „Das ist mein Bett, und in dem Bett will ich jetzt schlafen."

Susi merkte als Erste, dass Meret es ernst meinte. Wortlos stand sie auf, sammelte Schuhe und Pulli ein und tippte Teresa und Torsten auf die Schulter. „Kommt Leute", sagte sie ruhig, „wir hauen ab."

Meret sagte nichts mehr. Sie stand stumm neben der Tür, bis alle verschwunden waren. Dann fiel sie wie tot auf ihr Bett.

Meret war auf dem Weg zum Waschsalon. Es gab einen Salon in der Karlsstraße, der auch sonntags geöffnet war. Sie hatte alle schmutzige Wäsche in ein Kopfkissen gestopft und schob die schwere Fuhre jetzt mit dem Fahrrad dorthin.

Köln war immer noch im Karnevalstaumel. Leute mit roten Pappnasen bliesen ihr eine Tröte ins Gesicht. Manche bewarfen sie mit Konfetti, und einmal drückte ihr ein Clown einen feuchten Kuss ins Gesicht.

Das alles war noch zu ertragen, auch mit einem schweren Kopf und abgrundtief schlechter Laune. Aber als drei Typen, die wie Piraten verkleidet waren und halb leere Weinflaschen schwenkten, sich plötzlich vor ihr aufbauten und Zollkontrolle schrien, drehte sie fast durch. Die Typen stanken nach billigem Fusel und schlecht gelüfteten Kneipen und taxierten sie ungeniert.

„Lassen Sie mich durch!“, rief Meret. „Ich hab’s eilig.“

„Willst du wissen, wie eilig wir es haben?“ Einer der Kerle zog seinen Gürtel aus der Hose und kam einen Schritt auf sie zu.

Es war ein Uhr mittags. Die Sonne schien, und auf der anderen Seite des Bürgersteigs schob eine junge Familie einen Kinderwagen. Meret wollte nicht glauben, dass ihr so was am hellichten Tag mitten in Köln passierte.

„Hey, du Wichser!“ Einer der drei wollte seinen Kumpel zurückhalten, aber dabei verloren sie beide das Gleichgewicht. Genau in diesem Augenblick fuhr eine Polizeistreife dicht am Bürgersteig vorbei.

Meret sah sie erst, als schon die Rücklichter aufleuchteten. „Hallo!“, schrie sie.

Der Streifenwagen rollte langsam zurück. Einer der Polizisten kurbelte sein Fenster herunter und betrachtete die Szene. „Brauchst du Hilfe?“, fragte er.

Meret lächelte. „Ich weiß nicht“, murmelte sie verlegen. „Die Typen hier ...“

„Wir haben nichts gemacht, Herr Wachtmeister.“ Die beiden versuchten wieder auf die Beine zu kommen. Sie schenkten dem Polizisten das schönste Lächeln, das Betrunkene überhaupt zustande bringen können. „Haben nur die Balance verloren. Geht schon in Ordnung, Herr Kommissar. Keine Panik.“

Der Polizist grinste. Während der Karnevalszeit war es nicht leicht, die Situation sofort richtig einzuschätzen. Dennoch warteten die beiden im Streifenwagen, bis Meret ihr Fahrrad auf die andere Seite geschoben hatte und die drei Betrunkenen sich in die andere Richtung entfernten.

Meret war froh, als sie den Waschsalon endlich erreichte. Sie schloss ihr Fahrrad ab, schleppte das Wäschebündel rein und suchte sich erst einmal einen freien Stuhl.

Neben ihr saß ein Schwarzer, ungefähr 25 Jahre alt. Er las in einem dicken Buch und zog seine Füße zu sich heran, damit Meret nicht stolperte. Er schenkte ihr ein freundliches Grinsen.

„Hey", sagte er.

„Hey", gab Meret zurück, beugte sich vor und öffnete den Knoten im Kopfkissen.

„These are hard days", sagte der Schwarze. Er klappte sein Buch zu. „Wherever you go, you meet queer people."

„It's Karneval." Meret begann die Wäsche auf dem Boden zu sortieren.

Der Schwarze schaute neugierig zu. „What are you doing in this town?", fragte er.

„I live here", gab Meret zurück. „And you?"

„University." Er beugte sich vor und streckte Meret seine Hand hin. „I am Jasper. I am from Trinidad."

Meret lächelte. Trinidad. Wie das klang! Das klang nach Palmen und Meeresrauschen, nach blauem Himmel und Reggae-Musik.

„I love reggae", sagte Meret.

Der Schwarze lachte. Er zeigte seine strahlend weißen Zähne.

„You really do? Oh, great!"

Er erzählte Meret im Laufe der Stunden, die sie vor ihren Waschmaschinen verbrachten, dass er Ingenieur werden wollte, um später in Trinidad eine Firma für Klimaanlagen zu gründen. Dass er seit einem Jahr in Deutschland studiere, vorher in London gewesen sei und Germany klasse finde.

Meret mochte Jasper. Sie erzählte von der Schule, von den betrunkenen Typen unterwegs, vom Hochwasser. Sie sagte nicht, dass sie eine sturmfreie Bude hatte, damit Jasper nicht womöglich auf dumme Gedanken käme.

Jasper erzählte von seiner Schwester, die in New York auf die Filmhochschule ging und Regisseurin werden wollte. Und Meret vertraute ihm an, dass sie davon träumte, später einmal Bücher zu schreiben. Die Zeit verging schneller, als Meret gedacht hatte.

„I love your name“, sagte Jasper. „Meret. That sounds very American.“

Meret sagte, dass sie weder Amerika noch die Karibik kenne, aber dass sie schon einmal mit ihren Eltern ein Wochenende in London verbracht habe.

Jasper schwärmte von Rom. „Fantastic! All those old buildings!“

Als Meret ihre getrocknete Wäsche zusammenlegte und wieder in einem gewaschenen Kopfkissen verstaute, sagte Jasper: „You will need a big plastic bag for all that“, und zauberte eine große Plastiktüte hervor, die man oben mit einem Band zusammenziehen konnte. Er half ihr sogar, das Ding auf dem Fahrrad zu verstauen, sodass sie nicht schieben musste, sondern fahren konnte.

Und dann fragte er sie, ob sie irgendwann einmal einen Kaffee zusammen trinken wollten.

Meret schlug das *Butterfly* vor. Eine winzige Kneipe in der Altstadt, in der viel buntes Volk verkehrte. Das würde Jasper gefallen. Sie kannte das Lokal zwar nur vom Vorbeigehen, war aber sicher, dass dort eine witzige Stimmung herrschte.

Jasper hatte Donnerstagnachmittag keine Vorlesungen. Also verabredeten sie sich für den nächsten Donnerstag.

Als Meret nach Hause fuhr, war die Sonne hinter Wolkengebirgen verschwunden, trotzdem ging es ihr viel besser. Sie pfiff vor sich hin, als sie die Wohnungstür aufschloss.

Sie bezog ihr Bett, räumte die letzten Reste der Party

weg und setzte sich an ihre kleine Schreibmaschine, um ein bisschen zu fabulieren.

In der ersten Zeile schrieb sie: *Jasper aus Trinidad.*

Und in die nächste Zeile: *Der Waschsalon in der Karlsstraße war an diesem Sonntag nicht so überfüllt wie sonst, denn es war das Karnevalswochenende. Jasper hatte ein Buch mitgebracht, einen dicken Wälzer über Klimatechnik. Er trug Jeans, Turnschuhe und ein weißes T-Shirt. Seine Haut war so dunkel wie die Farbe von heißen Maroni. Er war mindestens einen Meter neunzig groß. Seine Lieblingsbeschäftigung war lachen und dabei die weißen Zähne blitzen lassen.*

Meret schrieb, was ihr gerade in den Sinn kam. Es machte Spaß. Und es ging ganz leicht. Manchmal schaute sie auf zum offenen Fenster und lauschte auf die Stimmen der Vögel und das Geschrei der kleinen Kinder, die auf dem gegenüberliegenden Balkon spielten.

Ihre Mutter rief gegen fünf Uhr an.

„Was machst du?“, fragte sie.

„Ich sitze an der Schreibmaschine“, antwortete Meret. „Ich dichte.“

„Oh ...“ Ihre Mutter war für einen Augenblick sprachlos. „Und du hast keinen Besuch?“

„Überhaupt keinen. Vorhin war ich im Waschsalon. Meine ganze Wäsche ist sauber.“

„Mein Gott“, rief ihre Mutter fassungslos, „was haben wir für eine artige Tochter!“

„Ja, wirklich“, sagte Meret und grinste. „Ganz artig.“

Sie hatte den Gedanken an Dennis erfolgreich verdrängt und war ziemlich geschockt, als er abends um acht Uhr plötzlich vor der Tür stand.

Meret schaute ihn an wie ein Wesen von einem anderen Stern. „Was willst du?“

Dennis lächelte. Er hielt ihr eine abgeknickte Tulpe hin. „Mich entschuldigen.“

„Vergiss es.“ Meret wollte ihm die Tür einfach vor der Nase zuschlagen.

Aber er war schneller. Er hatte schon seinen Fuß dazwischen. „He, nicht so bissig. Komm, ich will mich entschuldigen. Ich weiß, dass ich gestern Abend Scheiße gebaut habe.“

Meret starrte ihn an. Sie spürte nichts mehr, wenn sie ihn betrachtete. Nichts, nicht das geringste bisschen Herzklopfen, nicht das geringste bisschen Sehnsucht. Er sah grauenvoll aus. Das Strahlen seiner meergrünen Augen war weg. Er hatte Ringe unter den Augen, Bartstoppeln und eine aschfahle Haut. Er sah aus, als habe er mindestens 56 Stunden nicht mehr geschlafen und seit Tagen nichts Richtiges gegessen.

Wahrscheinlich, dachte Meret, hat er immer noch zwei Promille Alkohol im Blut. So voll, wie er gestern war.

Dennis stellte sich auf die Zehenspitzen und versuchte an ihr vorbei in die Wohnung zu spähen. „Hast du Besuch?“

Meret schüttelte den Kopf.

„Und wieso lässt du mich dann nicht rein?“

„Ich schreibe“, sagte Meret.

Dennis sah sie verblüfft an, dann grinste er breit. „Du schreibst? Ist das ein Witz? Mann, es ist Karneval, und der Mond geht gerade auf.“

„Schön für den Mond“, sagte Meret kühl. Sie genoss das Gefühl, völlig unbeteiligt zu sein.

Wieso, dachte sie, während sie Dennis beobachtete, war ich so wahnsinnig verknallt in diesen Typen? Wieso hab ich gedacht, dass ausgerechnet Dennis meine große Liebe wird?

Sie konnte sich nicht einmal mehr an die Träume in den vielen Nächten vor ihrem Umzug erinnern, an die geträumten Küsse, die geträumten Liebesschwüre, die geträumten Kuschelstunden in ihrer neuen eigenen Bude ...

O Gott, ich bin bescheuert gewesen.

„Sah schlimm aus, gestern, was?“ Dennis schob sich an Meret vorbei in die Wohnung. Er blickte sich verblüfft um. „Sag mal, war ein Reinigungskommando hier?“

„Klar“, sagte Meret. „Ich hab täglich eine Putzfrau, die räumt dann euren Dreck weg.“

Dennis grinste. „Nicht dein Ernst.“

Meret hob die Schultern. Sie ging an ihm vorbei und setzte sich demonstrativ wieder an ihren Schreibtisch.

Dennis nahm im Gehen ein paar Erdnüsse und warf sie sich in den Mund, und dann stellte er sich hinter Meret und schaute über ihre Schulter.

„Jasper aus Trinidad“, las er. Er nahm den Bogen, der neben der Schreibmaschine lag, und ging ans Fenster.

„He, gib her!“ Meret sprang auf.

„Wer ist denn Jasper?“ Dennis schaute sich zu ihr um. „Was soll das?“

„Gib das her!“, schrie Meret.

Dennis lachte. Er ließ das Blatt über seinem Kopf flattern. „Hol’s dir doch!“ Er beugte sich halb aus dem Fenster.

Ich krieg eine Krise, dachte Meret. Wegen diesem Scheißtypen krieg ich echt die Krise.

Sie warf sich auf Dennis und reckte sich, um an das Blatt zu kommen.

Dennis beugte seinen Kopf vor und küsste Merets Hals. „Süß“, sagte er. „Du riechst wie der frische Morgen.“

„Und du wie ein abgestandenes Bier“, sagte Meret. „Gib das Blatt her, ich brauch das!“

Dennis schloss die Augen zu einem Spalt. „Sag bitte.“

„Scheiße. Gib's her.“

„Sag, bitte lieber Dennis, gib mir das Blatt.“

„Dennis, ich hab die Nase voll. Gib mir die Seite und verschwinde.“

„Erst einen Kuss. Erst will ich hören, dass du nicht mehr sauer auf mich bist.“

„Ich bin nicht mehr sauer auf dich.“

„Dann einen Kuss.“

„Ich habe keine Lust auf Küsse.“

„Aber ich.“

„Dein Problem. Gib mir das Blatt.“

Dennis lächelte, beugte sich noch ein bisschen weiter aus dem Fenster und ließ los. Das Blatt taumelte nach unten. Wurde von einem Windstoß gepackt, segelte ein halbes Stockwerk nach oben, wurde abgetrieben, segelte langsam auf die Straße, knallte gegen die Windschutzscheibe eines vorbeifahrenden Autos, wurde hochgeschleudert und landete schließlich in einer Pfütze.

Meret kochte vor Wut. Aber sie sagte nichts.

„Das hättest du dir ersparen können“, sagte Dennis. Seine Stimme hatte sich verändert. Er musste sich räuspern.

Offenbar war er plötzlich verlegen. „Du hättest mir nur einen Kuss geben müssen.“ Er wandte sich zur Tür. „Ich hol's hoch.“

„Vergiss es!", schrie Meret. „Hau ab und lass mich in Ruhe, ja?"

Dennis blieb in der Tür stehen. Er schaute Meret ruhig an. „Ist das dein Ernst?"

Meret nickte. Sie kochte vor Wut.

„Ich hab nichts mit den beiden Mädchen, die gestern mit mir hier waren. Überhaupt nichts. Ich kannte sie nicht mal. Sie haben sich einfach an mich gehängt. Sie wollten mal ein Mädchen sehen, die mit sechzehn schon eine sturmfreie Bude hat." Er hob die Arme. „Mehr wollte ich nicht sagen. Es tut mir Leid. Ich dachte ..."

Meret verschränkte die Arme vor der Brust. Ihr Herz schlug, aber nicht vor Aufregung, sondern vor Wut. Es hämmerte gegen ihre Rippen.

„Weißt du, als ich dich gesehen habe, in der Straßenbahn, da hab ich gedacht ..." Er lächelte. Er kam wieder zurück. „Wir könnten echt gute Freunde werden, hab ich gedacht."

Meret sagte nichts. Sie holte tief Luft.

Dennis wartete. Er stand da mit hängenden Armen und wartete.

Meret machte keine Anstalten, ihn aus seiner peinlichen Situation zu befreien.

Dennis wartete immer noch. Er schaute sich im Zimmer um, blickte nach draußen, dann zur Badezimmertür, dann in den Flur. Die Wohnungstür stand immer noch offen. Oben schlug eine Tür, man hörte eilige Schritte auf den Treppen.

„Okay", sagte Dennis nach einer endlosen Weile. Er wirkte erschöpft. Irgendwie einsam und traurig. „Okay." Er atmete tief durch, zwang sich zu einem kleinen Lächeln, das ihn noch ein bisschen trauriger machte, und nickte. „Ciao."

„Ciao, Dennis", sagte Meret. Ganz langsam ging sie hinter ihm her bis zur Wohnungstür und drückte sie nachhaltig ins Schloss, als Dennis endlich die Treppe hinunterging.

Er ist abgehakt, dachte sie. Ich werde Dennis Kaufmann einfach aus meinem Leben streichen. Aus meinem Telefonbuch. Er existiert nicht. Einen Typen, der mich nur fertig machen will, kann ich im Augenblick nicht gebrauchen. Mein Leben ist kompliziert genug.

Sie ging zum Fenster und schaute auf die Straße runter. Da war Dennis. Er wartete ein Auto ab, dann trat er auf die Fahrbahn und klaubte mit spitzen Fingern ihr Blatt aus der Pfütze. Er ließ das Schmutzwasser abtröpfeln, wedelte es hin und her und versuchte den Text zu entziffern. Einmal schaute er zu Merets Fenster hoch, aber sie wich schnell zurück. Schließlich sah sie, wie er das nasse Papier wie einen Lappen zusammenknüllte und beim Weitergehen einfach achtlos fallen ließ.

„Du bist ein Idiot", flüsterte Meret. „Ich hasse dich."

Meret saß im Zug nach Berlin. Das Abteil war fast leer. Ihr gegenüber, am Fenster, saß ein Mädchen, das Meret auf ungefähr achtzehn schätzte. Sie war dünn, ganz schlank, ziemlich blass und blätterte hektisch in einem

Stoß von Modezeitschriften, die sie auf dem Schoß balancierte.

Meret erledigte auf der Bahnfahrt alle Schularbeiten, zu denen sie in der letzten Woche nicht gekommen war. Bei dem englischen Text, den sie lesen musste, dachte sie immer wieder an Jasper und an das Treffen mit ihm.

Jasper war ein lustiger Typ, er hatte so etwas Musikalisches in seiner Stimme und irgendwie Schwung in seinen Bewegungen. Alles an ihm war so rhythmisch, so fröhlich. Es machte Spaß, ihn zu beobachten und ihm zuzuhören, wenn er von Trinidad erzählte. Jasper gehörte zu einem Ensemble an der Uni, das Modern Dance machte. In der nächsten Woche gaben sie eine Vorstellung, und Jasper hatte Meret dazu eingeladen.

Natürlich würde sie hingehen. Es war irrsinnig aufregend, von einem Studenten eingeladen zu sein. Jasper war zehnmal klüger, sympathischer und vernünftiger als die Bande aus ihrer Schule oder aus der Villa Kunterbunt.

Selbst Teresa hatte ihr gesagt, dass sie die Leute irgendwie nicht mehr ertrug. „Man geht sich so auf die Nerven, Baby“, hatte sie gesagt. „Man sieht sich jeden Tag in der Schule, wenn man die Augen noch nicht ganz aufhat. Man kennt den Geruch ihrer Schweißfüße und die blöden Antworten, wenn die Lehrer sie was fragen. Man hockt nachmittags mit ihnen zusammen, hört die Musik, die sie ausgewählt haben, und lacht immer wieder über dieselben blöden Witze, die sie reißen. Dann guckt man zu, wie sie sich langsam volllaufen lassen, damit sie sich so cool und toll fühlen, wie sie das brauchen. Und dann guckt man zu, wie ihre Augen langsam so klein werden, dass man sie am nächsten Morgen in der Schule kaum wieder erkennt.“

Meret musste laut lachen.

Das Mädchen gegenüber schaute auf und lächelte. „Lustiger Text?“, fragte sie.

„Ich hab nur gerade an was gedacht.“

„Toll, wenn man an was Lustiges denkt.“

„Ja, finde ich auch. Aber es war auch ein bisschen blöd. Etwas, das eine Freundin von mir über Typen gesagt hat.“

Das Mädchen war auf einmal nicht mehr interessiert. Sie schaute gelangweilt aus dem Fenster. Endlose, nasse Äcker, Telegrafenmasten, kleine Bahnstationen, durch die der Zug, ohne zu bremsen, hindurchsauste. Hässliche Häuser, trostlose Straßen.

„Irgendwie“, sagte Meret, „sieht Deutschland um diese Jahreszeit trostlos aus.“

„Nicht nur um diese Jahreszeit“, meinte das Mädchen. „Sondern meistens.“

„Grauenhaft“, sagte Meret, während sie gerade an einem stillgelegten Fabrikgelände mit leeren Fensterhöhlen und rostigen Eisenträgern entlangfuhren. Der Wind hatte Löcher in das Dach gerissen.

„Wenn es in Berlin klappt“, sagte das Mädchen, „dann seh ich mir das nur noch aus der Vogelperspektive an. Aus dem Flugzeug, wenn ich von Mailand nach Paris fliege.“

Meret überlegte, ob man auf dem Flug von Mailand nach Paris über diese Gegend hier kam, durch die sie gerade fuhren. Aber vielleicht hatte das Mädchen es gar nicht so konkret gemeint.

„Und was soll klappen?“, fragte sie.

„Ich will Model werden.“ Das Mädchen hielt eine Modezeitschrift hoch. Auf dem Titel war ein wunderschönes Mädchen mit Gold-Make-up zu sehen, das irgendetwas

Rotes, tief Ausgeschnittenes trug und einen unheimlich sinnlichen Mund hatte.

„So wie die will ich mal werden." Das Mädchen lächelte. „Die verdient 4000 Mark am Tag. Kannst du dir so was vorstellen? Das verdient mein Vater gerade mal so im Monat."

Die Abteiltür wurde aufgerissen. Ein Junge in weißer Kellnerjacke schaute herein und grinste.

„Ihr zwei Hübschen seht aus, als wenn ihr dringend einen Kaffee braucht. Und Würstchen, knackige Frankfurter Würstchen. Vier Mark das Paar. Drei Mark der Kaffee."

Das Mädchen sah Meret an. „Hast du Hunger?"

„Ich immer", antwortete Meret fröhlich. „Ich lade dich ein."

Sie dachte an ihre Eltern, die sie vom Bahnhof abholen würden. Sie würde ihre Eltern um Geld bitten müssen. Das Leben war teurer, als sie gedacht hatte.

„Kommt nicht in Frage. Ich hab schon genug verdient. Ich kann das übernehmen."

Das Mädchen bezahlte zwei Kaffee und zweimal Würstchen, und dann wurde es richtig gemütlich.

„Und was machst du?", fragte es.

„Ich geh noch zur Schule. In Köln. Und jetzt fahre ich nach Berlin, um meine Eltern zu besuchen."

„Du gehst in Köln zur Schule, und deine Eltern wohnen in Berlin?", fragte das Mädchen verblüfft.

Meret nickte.

„Und wo wohnst du in Köln?"

„Ich habe eine eigene Wohnung. Ein Ein-Zimmer-Appartement in der Altstadt."

Das Mädchen schaute sie mit großen Augen an.

„Eine sturmfreie Bude? Du bist doch erst siebzehn oder so?!"

Meret hob die Schultern und lächelte.

„Mann, das ist Klasse. Das hab ich mir auch immer gewünscht. Das war mein größter Traum."

Sie schaute Meret fasziniert an. „Und? Wie ist es?"

Meret lächelte. Sie trank noch einen Schluck Kaffee und knickte den Papierteller zusammen, um ihn in den Abfallbehälter zu werfen.

„Na ja." Sie lächelte. „Am Anfang war es irgendwie ungewohnt. Ich weiß nicht, es ist alles ganz anders, als man es sich so vorgestellt hat, in den Träumen oder so."

Das Mädchen nickte. „Klar, ich weiß genau, was für ein Film in meinen Träumen abgelaufen ist. An wen ich bei einer sturmfreien Bude gedacht habe. Die große Liebe, die große Freiheit. Keine Kontrolle und niemand, der meckert, wenn man alles einfach fallen lässt. Keiner, der einen morgens aus dem Bett jagt und die Sachen durchschnüffelt. Niemand, der ohne anzuklopfen hereinkommt, wenn man gerade auf dem Bett ein bisschen mit seinem Schwarm kuschelt oder so."

Beide mussten plötzlich lachen.

„Nun", sagte Meret, „ich kann dir eins sagen: So wie in den Träumen ist es nicht."

„Ach nein?", sagte das Mädchen.

„Aber es ist okay. Es ist in Ordnung, wirklich. Man lernt eine ganze Menge. Über sich selbst und über andere."

Das Mädchen schaute Meret neugierig an.

Meret biss sich auf die Lippen und schaute aus dem Fenster. „Es ist okay, für die Zeit, bis ich das Schuljahr beendet hab und zu meinen Eltern nach Berlin ziehe."

Das Mädchen beugte sich vor. Sie schaute Meret fassungslos an. „Du willst wieder zu deinen Eltern ziehen?"

Meret nickte. „In einem halben Jahr oder so."

Das Mädchen streckte plötzlich beide Arme aus, legte sie auf Merets Schultern und sagte: „Ich heiße Mariella. Nachname Maschnik. Wenn ich in Berlin bei der Agentur angenommen werde, dann zieh ich auch nach Berlin." Sie strahlte. „Ist doch Klasse, dann hab ich da schon mal eine Freundin."

Draußen flogen die ersten grauen Berliner Vorstädte am Fenster vorbei. Der Zug fuhr quietschend über die Weichen, zwischen Gleisen, die immer zahlreicher wurden. Fabrikschlote, erleuchtete Einkaufsstraßen, Kinos mit Leuchtschrift, die für die Berlinale warben. Ein Zirkuszelt, geschmückt mit vielen bunten Lämpchen.

„Ich heiße Meret Baier", sagte Meret. „Bevor wir ankommen, muss ich dir unbedingt noch meine Adresse geben."